L'ABEILLE POÉTIQUE

DU

XIXᵉ SIÈCLE,

OU

CHOIX DE POÉSIES CONTEMPORAINES,

LA PLUPART INÉDITES,

recueillies

PAR J.-B. PELLISSIER.

LIMOGES.

BARBOU FRÈRES, IMP.-LIBR.

L'ABEILLE POÉTIQUE

DU XIXe SIECLE.

Tout Exemplaire qui ne sera pas revêtu de notre griffe sera réputé contrefait et poursuivi conformément aux lois.

Barbou frères

L'ABEILLE POÉTIQUE

DU

XIXᵉ SIÈCLE,

OU

CHOIX DE POÉSIES CONTEMPORAINES,

La plupart inédites,

RECUEILLIES

PAR J.-B. PELLISSIER.

LIMOGES.

BARBOU FRÈRES, IMPRIMEURS-LIBRAIRES.

—

1859.

INTRODUCTION

———◆———

L'ABEILLE.

L'industrieuse et riche abeille
Avec l'aurore se réveille :
Elle va par les gazons verts,
A travers les flots de lumière
Où le soleil noue en poussière
Tous les duvets de l'univers.

Partout le parfum s'amoncelle,
Partout l'encens coule et ruisselle ;
De baume les champs sont couverts ;
Le sol tout entier d'ambre fume,
Le rayon dans la fleur s'allume,
Un bruit d'aile agite les airs.

Des hautes voûtes étoilées
Il pleut des essences mêlées,
Qui descendent sur le matin :
L'abeille, dans sa folle ivresse,
Ne sait où prendre sa richesse,
Ne sait où prendre son butin.

Où voler ? où poser son aile ?
La nature est partout si belle !
Des trésors s'ouvrent en tous lieux !
Où choisir pour la ruche aimée
L'essence la plus parfumée
Des parfums distillés aux cieux ?

Tout germe naissant et vivace
Sous son limbe porte sa grâce,
Comme l'eau paisible a son bruit :
Bien des saveurs, bien des aromes ;
Se cachent à l'abri des chaumes ;
Tout humble pistil a son fruit.

L'abeille inconstante voltige
De fleur en fleur, de tige en tige,
Admirant partout la beauté :
Sans rien perdre, son aile effleure
Le cytise penché qui pleure,
Ou le lis dans sa majesté.

Puis dans les airs elle repasse,
Lourde du butin qu'elle entasse
Dans les plis de son manteau d'or;
Et, fière, à la ruche elle vole
Pour secouer dans l'alvéole
Les parcelles de son trésor.

Ainsi s'ouvre à vos yeux notre fraîche corbeille,
Moisson d'un autre champ, butin d'une autre abeille,
Où sont tous les parfums et toutes les couleurs;
Corbeille où le génie a vidé ses calices,
Où le jeune poète a porté ses prémices,
Récolte d'épis et de fleurs!

Accueillez donc ce livre empreint de la rosée
Qu'on appelle harmonie, esprit, âme, pensée.
Plaire, instruire fut notre vœu.
Là tout parle de foi, d'espoir et de prière!
L'enfant apprend le bien dans l'amour de sa mère,
Et l'homme dans l'amour de Dieu!

Mme HERMANCE LESGUILLON.

POÉSIE RELIGIEUSE.

—⋯⦚⋯—

DIEU.

Il est ; tout est en lui; l'immensité, les temps,
De son être infini sont les purs éléments.
L'espace est son séjour, l'éternité son âge ;
Le jour est son regard, le monde est son image :
Tout l'univers subsiste à l'ombre de sa main ;
L'être à flots éternels découlant de son sein,
Comme un fleuve nourri par cette source immense,
S'en échappe et revient finir où tout commence.
Sans bornes, comme lui, ses ouvrages parfaits
Bénissent en naissant la main qui les a faits.
Il peuple l'infini chaque fois qu'il respire ;
Pour lui, vouloir, c'est faire; exciter, c'est produire.
Tirant tout de lui seul, rapportant tout à soi,
Sa volonté suprême est la suprême loi...
Intelligence, amour, force, beauté, jeunesse,
Sans s'épuiser jamais, il peut donner sans cesse ;

Et comblant le néant de ses dons précieux,
Des derniers rangs de l'être il peut tirer des dieux.
Mais ces dieux de sa main, ces fils de sa puissance,
Mesurent d'eux à lui l'éternelle distance?
Tendant par leur nature à l'être qui les fit;
Il est leur fin à tous, et lui seul se suffit.
Voilà, voilà le Dieu que tout esprit adore,
Qu'Abraham a servi, que rêvait Pythagore,
Que Socrate annonçait, qu'entrevoyait Platon;
Ce Dieu que l'univers révèle à la raison;
Que la justice attend, que l'infortune espère,
Et que le Christ enfin vint montrer sur la terre...
Il est seul, il est un, il est juste, il est bon;
La terre voit son œuvre, et le ciel sait son nom!

DE LAMARTINE.

><><><><

MOISE.

Le soleil prolongeait sur la cime des tentes
Ces obliques rayons, ces flammes éclatantes,
Ces larges traces d'or qu'il laisse dans les airs,
Lorsqu'en un lit de sable il se couche aux déserts.
La pourpre et l'or semblaient revêtir la campagne.
Du stérile Nébo gravissant la montagne,
Moïse, homme de Dieu, s'arrête, et, sans orgueil,
Sur le vaste horizon promène un long coup d'œil.
Il voit d'abord Phusga, que des figuiers entourent;
Puis, au-delà des monts que ses regards parcourent,
S'étend tout Galaad, Ephraïm, Manassé,
Dont le pays fertile à sa droite est placé;
Vers le midi, Juda, grand et stérile, étale

Ses sables , où s'endort la mer occidentale ;
Plus loin, dans un vallon que le soir a pâli ,
Couronné d'oliviers , se montre Nephtali ;
Dans des plaines de fleurs magnifiques et calmes
Jéricho s'aperçoit , c'est la ville des palmes ;
Et prolongeant ses bois , des plaines de Phogor
Le lentisque touffu s'étend jusqu'à Ségor.
Il voit tout Chanaan , et la terre promise ,
Où sa tombe, il le sait, ne sera point admise.
Il voit ; sur les Hébreux étend sa grande main ,
Puis vers le haut du mont il reprend son chemin.

Or , des champs de Moab couvrant la vaste enceinte ,
Pressés au large pied de la montagne sainte ,
Les enfants d'Israël s'agitaient au vallon ,
Comme les blés épais qu'agite l'aquilon.
Dès l'heure où la rosée humecte l'or des sables
Et balance sa perle au sommet des érables ,
Prophète centenaire, environné d'honneur ,
Moïse était parti pour trouver le Seigneur.
On le suivait des yeux aux flammes de sa tête ;
Et , lorsque du grand mont il atteignit le faîte ,
Lorsque son front perça le nuage de Dieu
Qui couronnait d'éclairs la cîme du haut lieu ,
L'encens brûla partout sur les autels de pierre ,
Et six cent mille Hébreux , courbés dans la poussière ,
A l'ombre du parfum par le soleil doré ,
Chantèrent d'une voix le cantique sacré ;
Et les fils de Lévi , s'élevant dans la foule ,
Tels qu'un bois de cyprès sur le sable qui roule ,
Du peuple avec la harpe accompagnant la voix ,
Dirigeaient vers le ciel l'hymne du Roi des rois.

Et debout devant Dieu , Moïse ayant pris place ,
Dans le nuage obscur lui parlait face à face.
Il disait au Seigneur : « Ne finirai-je pas?
Où voulez-vous encore que je porte mes pas?
Je vivrai donc toujours puissant et solitaire?
Laissez-moi m'endormir du sommeil de la terre ! —
Que vous ai-je donc fait pour être votre élu?
J'ai conduit votre peuple où vous avez voulu.
Voilà que son pied touche à la terre promise,
De vous à lui qu'un autre accepte l'entremise,
Au coursier d'Israël qu'il attache le frein ;
Je lui lègue mon livre et la verge d'airain.

» Pourquoi vous fallut-il tarir mes espérances,
Ne pas me laisser homme avec mes ignorances,
Puisque du mont Horeb jusques au mont Nébo ,
Je n'ai pas pu trouver le lieu de mon tombeau!
Hélas! vous m'avez fait sage parmi les sages?
Mon doigt du peuple errant a guidé les passages;
J'ai fait pleuvoir le feu sur la tête des rois ;
L'avenir à genoux adorera mes lois ;
Des tombes des humains j'ouvre la plus antique,
La mort trouve à ma voix une voix prophétique,
Je suis très-grand , mes pieds sont sur les nations,
Ma main fait et défait les générations.
Hélas ! je suis, Seigneur, puissant et solitaire,
Laissez-moi m'endormir du sommeil de la terre!

» Hélas ! je sais aussi tous les secrets des cieux,
Et vous m'avez prêté la force de vos yeux.
Je commande à la nuit de déchirer ses voiles;
Ma bouche par leur nom a compté les étoiles:
Et , dès qu'au firmament mon geste l'appela,

Chacune s'est hâté en disant : Me voilà.
J'impose mes deux mains sur le front des nuages
Pour tarir dans leurs flancs la source des orages ;
J'engloutis les cités sous les sables mouvants;
Je renverse les monts sous les ailes des vents ;
Mon pied infatigable est plus fort que l'espace ;
Le fleuve aux grandes eaux se range quand je passe,
Et la voix de la mer se fait devant ma voix.
Lorsque mon peuple souffre, ou qu'il lui faut des lois,
J'élève mes regards, votre esprit me visite ;
La terre alors chancelle, et le soleil hésite ;
Vos anges sont jaloux et m'admirent entre eux. —
Et cependant, Seigneur, je ne suis pas heureux ;
Vous m'avez fait vieiller puissant et solitaire,
Laissez-moi m'endormir du sommeil de la terre !

» Sitôt que votre souffle a rempli le berger,
Les hommes se sont dit : Il nous est étranger ;
Et leurs yeux se baissaient devant mes yeux de flamme
Car ils venaient, hélas ! d'y voir plus que mon âme.
J'ai vu l'amour s'éteindre et l'amitié tarir,
Les vierges se voilaient et craignaient de mourir.
M'enveloppant alors de la colonne noire,
J'ai marché devant tous, triste et seul dans ma gloire.
Et j'ai dit dans mon cœur : Que vouloir à présent ?
Pour dormir sur un sein mon front est trop pesant,
Ma main laisse l'effroi sur la main qu'elle touche,
L'orage est dans ma voix, l'éclair est sur ma bouche :
Aussi, loin de m'aimer, voilà qu'ils tremblent tous ;
Et, quand j'ouvre les bras, on tombe à mes genoux.
—O Seigneur ! j'ai vécu puissant et solitaire,
Laissez-moi m'endormir du sommeil de la terre ! »

Or le peuple attendait, et craignant son courroux,
Priait sans regarder le mont du Dieu jaloux ;
Car s'il levait les yeux, les flancs noirs du nuage
Roulaient et redoublaient les foudres de l'orage,
Et le feu des éclairs, aveuglant les regards,
Enchaînait tous les fronts courbés de toutes parts.
Bientôt le haut du mont reparut sans Moïse.
Il fut pleuré. — Marchant vers la terre promise.
Josué s'avançait pensif et pâlissant,
Car il était déjà l'élu du Tout-Puissant.

ALFRED DE VIGNY.

LA PAQUE.

UNE seule famille, un reste de proscrits,
De l'antique Juda, vénérable débris,
Du temple profané tente la délivrance ;
Jéhova leur permet cette sainte espérance.
L'ardent Mathatias de cinq fils vertueux
Dirige habilement le zèle impétueux...
Il prêche les vertus, il en donne l'exemple ;
Et la ferveur supplée à l'absence du temple.

Cet astre qui, des nuits orbe resplendissant,
Luit, meurt, renaît, s'éteint, croissant et décroissant,
Messager de la loi, par sa splendeur nouvelle
Annonçait aux Hébreux leur fête solennelle.

Auprès du saint vieillard aussitôt sont admis
Tous les nombreux parents, quelques dignes amis.
Ardent Israélite, il a réglé d'avance
Du rite accoutumé la sévère observance.
Il donne le signal ; chacun se place au rang
Que lui donnent les droits ou de l'âge ou du sang.

Mais quel est leur dessein ? Il semble qu'on s'apprête
Pour un prochain départ, et non pour une fête ;
Ils sont debout, serrés, gravés, silencieux ;
Le bâton voyageur est debout devant eux.
Autour des reins s'étend une large ceinture,
Tous prendront à la hâte un peu de nourriture.
Le vieillard leur disant : « Le voilà donc ce pain
» Que n'a pas profané le ferment du levain.
» De cet azyme pur que chacun se nourrisse ;
» C'est le vœu de la loi, que ce vœu s'accomplisse.
» La flamme du brasier a seule assaisonné
» La chair de cet agneau sans tache et nouveau-né.
» Nourrissez-vous aussi de ces herbes sauvages,
» De notre vie amère imparfaites images. »

Alors, selon le rit ordonné par la loi,
Le plus jeune s'avance : « O mon père, dis-moi
» Quelle pieuse fête est par nous célébrée,
» A quels grands souvenirs est-elle consacrée ? »

» Le vieillard : « Mon fils, déjà soixante fois
» A brillé dans les cieux chacun des douze mois,
» Depuis le jour heureux où par le droit de l'âge,
» Je tins à votre aïeul un semblable langage.
» O souvenir touchant ! mon père répondit
» Ce que mon propre aïeul à lui-même avait dit :
» C'est aujourd'hui la Pâque, époque fortunée
» Que l'astre précurseur annonce chaque année.
» Des pères délivrés les fils reconnaissants
» Offrent à Jéhova leurs cœurs et leurs encens.

» Quand le Nil oppresseur attachait à ses rives
» D'Israël transplanté les familles captives,
» L'ange libérateur descendit... nos aïeux,

» De ces bords criminels fugitifs glorieux.

» Sans cesse traversant d'invincibles obstacles ,

» Suivirent le chemin que frayaient les miracles.

» A toute heure, en tout lieu, dans le jour , dans la nuit,

» Présent par son bienfait , Jéhova les conduit.

» Mers , abîmes et flots ! vous rendez témoignage

» Que sa gloire visible escortait leur passage.

» Chers amis ! Jéhova , si grand , si généreux ,

» Ferait encore pour nous ce qu'il a fait pour eux :

» Ce qu'il peut dans un temps il le peut dans un autre,

» Osons venger sa cause , il vengera la nôtre.

» Dieu puissant , permets-nous d'illustrer notre foi!

Vœu sacré ? Dieu l'entend, l'exauce. A l'instant même ,
D'un rayon , détaché de la splendeur suprême,
La rapide lueur illuminant les cieux ,
Descend sur le vieillard et dessille ses yeux.

A peine reste-t-il un seul de ces prophètes
Qui parfois s'exilant de leurs chastes retraites,
Aux accents de Dieu même associant leur voix,
Sur le trône coupable épouvantaient les rois,
Ou , gravant dans les cœurs un remords salutaire,
Des foudres du Très-Haut désarmaient la colère.
Près des champs de Nodin , aux confins du désert ,
Un roc que la verdure et la mousse ont couvert ,
Prête à l'homme de Dieu sa cavité profonde ,
Loin du souffle des vents, loin des crimes du monde.

Au-devant de la grotte un superbe palmier,
Des hôtes du désert antique nourricier,
S'élève et , dominant sur une plaine immense ,
Etale son feuillage où mûrit l'abondance.
Vers le roi de leurs bords, deux timides ruisseaux

Apportent en tribut la fraîcheur de leurs eaux ;
L'arbre reconnaissant incline son ombrage ,
Et verdit leur cristal de sa riante image.
C'est de là qu'Osias, saintement généreux ,
Veille le jour , la nuit , sur le sort des Hébreux.
Plus les périls sont grands , plus il est intrépide.
Auprès des fugitifs la charité le guide.
Ardent à les chercher, prompt à les secourir,
Il console , il fait plus , il enseigne à souffrir.
En ce jour solennel , combien son cœur regrette
La pompe qui jadis en consacrait la fête !
O souvenir pénible ! ô regrets vertueux !
Quand de l'astre des nuits l'éclat majestueux
De cette fête auguste enfin désigne l'heure,
Il songe aux temps passés , nomme Sion et pleure.
Mais, ses regards, errant sur l'horizon lointain,
Redemandent les tours qui protégent Modin ;
Il marche , il les découvre, aussitôt il s'arrête.
« Ce n'est que là , dit-il, qu'on célèbre la fête.
« Oui , c'est là seulement qu'en ces jours désastreux,
» La foi sainte, la foi trouve encore des Hébreux ! »
Mon corps a tressailli. Quelle force soudaine
L'agite , le saisit, le maîtrise, l'entraîne ?
Il cède , et toutefois il ne s'aperçoit pas
Que déjà vers Modin se dirigent ses pas.
Au milieu des forêts il pénètre , il s'avance ,
Traversant le désert , la nuit et le silence.
Mathatias priait : « Jéhova, permets-nous
» D'armer pour ton saint nom notre juste courroux ;
» Contre l'impiété soutiens notre courage :
« De ta protection accorde-nous un gage ! »
Quand la porte heurtée avertit à grand bruit

Qu'un étranger attend l'honneur d'être introduit.
La porte est prudemment ouverte et refermée ;
Il entre. Sa figure imposante, animée,
Son saint recueillement, son accent inspiré,
Révèlent du Très-Haut l'interprète sacré,
Ce n'est plus d'un mortel l'éloquence imparfaite,
C'est Jéhova lui-même inspirant son prophète.
» Fils de Juda, dit-il, pauvres et malheureux,
» Vous seuls vous acquittez la dette des Hébreux.
« Au nom du Dieu vivant je bénis votre zèle ;
» La fête une autre fois sera plus solennelle.
» Le jour approche où Dieu permet que des mortels
» Dans le temple affranchi relèvent ses autels.
» Ses autels ! et quel autre a le droit d'en prétendre ?
» Quel culte à de faux dieux l'homme aura-t-il à rendre ?
» Ouvrages de ses mains, bois fragiles et viles,
» Que sont les autres dieux ? mais que dis-je ? où sont-ils ?
» Le nôtre est père et roi de la nature entière ;
» Sa parole féconde anime la poussière,
» L'homme naît. Jéhova, par d'immuables lois,
» Conserve à chaque instant ce qu'il fit une fois.
» De sa vive splendeur s'échappe une étincelle,
» Soudain naît de soleils une race nouvelle ;
» L'homme vit dans le temps, lui dans l'éternité ;
» L'homme habite un seul point, et Dieu l'immensité..
» Le Dieu de son regard enflamme et purifie
« Le foyer éternel où s'allume la vie.
» Inventeur tout-puissant, bienfaiteur absolu,
» Comment a-t-il créé sa gloire ? Il a voulu.

» O toi que les cités nommaient parmi leurs reines,
» D'un coupable sommeil secoue enfin les chaînes ;

» Dieu lui-même t'appelle ; éveille-toi, Sion !
» Recommence ta gloire et répare ton nom.
» Pour franchir les dangers, pour vaincre les obstacles,
» Sion ! as-tu besoin du secours des miracles?
» Reprends des temps passés la constance et la foi ;
» Les miracles sont prêts à combattre pour toi.
» Jéhova venge enfin les droits de l'innocence,
Et du cèdre au roseau transporte la puissance. »

Quand les autans fougueux fondent du haut des airs,
Et chassent le repos étendu sur les mers,
Tous les flots à la fois se soulèvent et grondent ;
Aux sifflements des vents leurs sifflements répondent.
Tels, de tous ces Hébreux soulevés à la fois,
S'animent le regard et le geste et la voix :
» Aux armes ! » dit l'un d'eux. Tous répondent : Aux
 » armes ! »

RAYNOUARD.

JOB.

Aux rives de l'Euphrate, en ces heureux climats
Que l'hiver n'a jamais blanchi de ses frimas,
Un homme juste et bon, Job, au Dieu de ses pères
Dut long-temps de beaux jours et des destins prospères.
Deux filles et deux fils, croissant auprès de lui,
Semblaient à ses vieux ans promettre un doux appui ;
Ses immenses troupeaux couvraient au loin les plaines ;
De limpides ruisseaux et de claires fontaines
Dans ses prés verdoyants répandaient la fraîcheur.
D'innombrables agneaux, éclatants de blancheur,
Suçaient, chaque printemps, les mamelles gonflées
De ses brebis en foule au bercail rassemblées...

Mais Dieu par les plus grands malheurs
Voulut éprouver sa constance ;
Il épuisa sur lui le vase des douleurs,
Et d'un sceau dévorant marqua son existence.
Les orages, les vents et les flots pluvieux
Jettent dans ses guérets le trouble et le ravage :
Ses grands troupeaux, atteints d'un mal contagieux,
De leur chair en lambeaux infectent le rivage.
Par la foudre du ciel sous leurs toits embrasés,
Sa femme, ses enfants, expirent écrasés.
Lui, comme un spectre errant à travers ces décombres,
Le front souillé de cendre et les sens éperdus,
Il croit de tous les siens, au tombeau descendus,
Entendre à ses côtés gémir les pâles ombres.
Mais il ne touchait point au terme de ses maux :
Pour ajouter encore au tourment qui l'accable,
Prêts à fondre sur lui des supplices nouveaux
Signalent du Seigneur la colère implacable :
Une lèpre hideuse enveloppe son corps,
Le mal de son courage a brisé les ressorts ;
Il se traîne, il s'assied sur un fumier immonde ;
Là, cadavre vivant, et vil rebut du monde,
Livide, épouvantable, et tout baigné de pleurs,
Il exhale en sanglots ses atroces douleurs ;
« Haine éternelle au jour où chacun a pu dire :
    » Un nouvel enfant nous est né !
» Qu'ai-je fait au Seigneur, hélas ! pour me maudire ?
    Pourquoi m'a-t-il abandonné ?
» Répandu par mes mains, le sang de mes génisses
» N'a-t-il donc pas rougi l'autel des sacrifices ?
    » Au voyageur de fatigue accablé,
» Ai-je jamais fermé la tente hospitalière ?

» Ai-je de l'indigent repoussé la prière?

» Il venait malheureux, il partait consolé.

» Et cependant j'ai bu dans la coupe d'absinthe,

» Hélas ! et je survis à ma famille éteinte !

» Peu content de m'ôter tout ce qui me fut cher,

« Dieu cruel, le fléau que ton courroux m'envoie,

« Comme un tigre irrité, ronge, en grondant, sa proie;

» Il fait crier mes os sous ses griffes de fer.

» C'en est fait! l'espérance à mon cœur est ravie,

» Et mes cris vainement implorent le trépas.

» Impitoyable Dieu que je ne connais pas,

» T'avais-je demandé le fardeau de la vie? »

Il achevait ces mots, un éclair pâlissant

Vient luire tout-à-coup à sa vue alarmée;

Il entend une voix... la voix du Tout-Puissant

Tonne et sort en courroux de la nue enflammée :

» Qui blâme insolemment ma justice et ma loi?

» D'où partent ces clameurs? Quel mortel téméraire

» Du sein de son néant s'élève jusqu'à moi;

» Et de son attentat provoque le salaire?

» Est-ce à toi de sonder mes augustes décrets?

     » J'ai mis un frein à tes pensées,

» Et nul ne franchira, dans ses vœux indiscrets,

» Les bornes qu'à leur vol ma sagesse a tracées...

» Que faisais-tu le jour où naquit l'univers?

» Est-ce toi qui, porté sur un trône d'éclairs,

» Des ombres du cahos, où sommeillaient les mondes,

» Fis jaillir la lumière et les vents et les sonde?

» Dont la main suspendit à la voûte des cieux

» Ces lustres d'or flottants, ces anneaux radieux?

» Toi qui dis à la mer : Respecte tes limites,

« Aux astres de la nuit : Roulez dans vos orbites ;

» Au printemps : Pare-toi de fleurs et de festons ;

» A l'été : Fait germer et mûrir les moissons ;

» A l'automne : De fruits compose ta ceinture ;

» A l'hiver : Couvre-toi d'un linceul de froidure ?

 » Es-tu l'artisan des chaleurs ?

 » Sur la terre fertilisée

 » Fais-tu descendre les vapeurs

 » Et les perles de la rosée ?...

» Au seul bruit de ta voix le Nord impétueux

» Ouvre-t-il en grondant l'arsenal des orages ?

» Montes-tu sur les vents ? peux-tu dans les nuages

 » Cacher ton front majestueux ?...

 Lève-toi dans ta force et commande aux étoiles

 » D'illuminer le firmament !

 « Homme insensé, fantôme d'un moment !

» Dis à la sombre nuit de déployer ses voiles ;

» Ou, contre l'univers justement irrité ,

» Fais mugir les volcans , soulève les tempêtes ;

» Tonne sur les pervers , et fais pencher leurs têtes ,

 » Comme l'épie par les vents agités.

 « Suis dans son vol l'aigle superbe ,

» Elle affronte l'éclat d'un soleil radieux ,

» Plane dans ses rayons, et du sommet des cieux

 » Démêle un ver rampant sous l'herbe.

 » Quand les nuages pluvieux

 » Attristent le front de l'année ,

 » A l'hirondelle fortunée

 « Permets-tu de changer de lieux ?...

» Sitôt que des combats la trompette résonne ,

» Vois le cheval guerrier, il écoute, il frissonne.

» De son péril prochain il semble enorgueilli ,

» De ses yeux foudroyants des flammes ont jailli ;

» Il dit : Allons ! Il part, il vole, et, dans la plaine,

» En tourbillons fumeux disperse son haleine ;

» De ses larges naseaux il aspire, il boit l'air;

» Ses pieds retentissants font pétiller l'éclair ;

» Sous la main qui le guide, il bondit, il s'élance,

» Suit tous les mouvements du glaive et de la lance,

» Se précipite au sein des bataillons poudreux ,

» Les heurte, en hennissant, d'un poitrail vigoureux ;

» Insensible au trépas qui partout le menace,

» Il perd des flots de sang sans perdre son audace ,

» Chancelle , tombe enfin sur la terre qu'il mord,

» Et son premier soupir est son soupir de mort...

    » Debout au sein de la lumière ,

    » Je règne sur tous les climats ,

    » Et les astres sont la poussière

    » Qu'avec dédain foule mes pas ;

    » Le destin est ma volonté ,

    » L'espace me sert de ceinture ;

    » Et mon âge est l'éternité.

    » Mortels que je viens de confondre ,

    » Toi qui blasphémais ma bonté ,

    » Maintenant ose me répondre ! »

Dieu se tait , et les cieux frémissent à sa voix.

Job reconnaît sa faute , et des larmes amères,

S'échappent de ses yeux, attestent à la fois

    Sa honte et ses regrets sincères.

» O Dieu que j'offensais , pardonne à mon erreur;

» De mon coupable orgueil je vois trop la démence;

» Mais quand ta seule voix me glace de terreur,

» Fais jusqu'à mon néant descendre ta clémence.

» Dans le deuil et les pleurs, soumis à mon devoir
» Je nourrirai sans cesse un remords salutaire.
» Est-ce au faible mortel à sonder ton pouvoir ?
    » Il doit t'adorer et se taire. »

Il disait, et du ciel descendit le pardon.
Plus de tourments pour lui, pour lui plus d'abandon.
Les biens et les troupeaux qu'il reçut en partage
Surpassèrent encor son premier héritage.
Une épouse nouvelle et trésor de beanté
Etonna l'Orient par sa fécondité,
Et sa race nombreuse, à Jéhova fidèle,
De toutes les vertus fut le digne modèle.

BAOUR LORMIAN.

><><><><

LA BIBLE.

QUI n'a relu souvent, qui n'a point admiré
Ce livre par le ciel aux Hébreux inspiré ?...
Là, du monde naissant vous suivez les vestiges,
Et vous errez sans cesse au milieu des prodiges.
Dieu parle, l'homme naît ; après un court sommeil,
Sa modeste compagne enchante son réveil.
Déjà fuit son bonheur avec son innocence :
Le premier juste expire ; ô terreur ! ô vengeance !
Un déluge engloutit un monde criminel.
Seule, et se confiant à l'œil de l'Éternel,
L'arche domine en paix les flots du gouffre immense,
Et d'un monde nouveau conserve l'espérance.
Patriarche fameux, chefs du Peuple chéri,
Abraham et Jacob, mon regard, attendri,
Se plaît à s'égarer sous vos paisibles tentes:
L'Orient montre encor vos traces éclatantes,

Et garde de vos mœurs la simple majesté.
Au tombeau de Rachel je m'arrête attristé :
Et tout-à-coup son fils vers l'Egypte m'appelle,
Toi qu'en vain poursuivit la haine fraternelle,
O Joseph ! que de fois se couvrit de nos pleurs
La page attendrissante où vivent tes malheurs !
Tu n'es plus ; ô revers ! près du Nil amenées,
Les fidèles tribus gémissent enchaînées.
Jehova les protége, et finira leurs maux.
Quel est ce jeune enfant qui flotte sur les eaux ?
C'est lui qui des Hébreux finira l'esclavage.
Filles des Pharaons, courez sur le rivage,
Préparez un abri, loin d'un père cruel,
A ce berceau chargé des destins d'Israël.
La mer s'ouvre, Israël chante sa délivrance.
C'est sur ce haut sommet qu'en un jour d'alliance,
Descendit avec pompe, en des torrents de feu,
Le nuage tonnant qui renfermait un Dieu.
Dirai-je la colonne et lumineuse et sombre,
Et le désert, témoin de merveilles sans nombre,
Aux murs de Gabaon le soleil arrêté,
Ruth, Samson, Débora, la fille de Jephté
Qui s'apprête à la mort, et parmi ses compagnes,
Vierge encor, va pleurer deux fois sur les montagnes ?
Mais les Juifs aveuglés veulent changer leurs lois,
Le ciel pour les punir, leur accorde des rois ;
Saül règne ; il n'est plus : un berger le remplace ;
L'espoir des nations doit sortir de sa race,
Le plus vaillant des rois du plus sage est suivi.
Accourez, accourez, descendants de Lévi,
Et du temple éternel venez marquer l'enceinte.
Cependant dix tribus ont fui la cité sainte ;

Je renverse en passant les autels des faux dieux ;
Je suis le char d'Élie emporté vers les cieux ,
Tobie et Raguël m'invitent à leur table :
J'entends ces hommes saints , dont la voix redoutable
Ainsi que le passé racontait l'avenir :
Je vois au jour marqué les empires finir.
Sidon, reine des eaux , tu n'es donc plus que cendre !
Vers l'Euphrate étonné, quels cris se font entendre ?
Toi qui pleurais, assis près d'un fleuve étranger,
Console-toi , Juda , tes destins vont changer.
Regarde cette main vengeresse du crime,
Qui désigne à la mort le tyran qui t'opprime.
Bientôt Jérusalem reverra ses enfants.
Esdras et Machabée, et ses fils triomphants ,
Raniment de Sion la lumière obscurcie.
Ma course enfin s'arrête au berceau du Messie.

DE. FONTANES.

×○×○×○×

L'AGONIE DU CHRIST.

LORSQUE le Christ , entrant dans sa lente agonie ,
Eut étendu ses bras sur l'arbre des douleurs ,
Et que , tant de misère et de peine infinie
Ayant tari déjà la source de ses pleurs ,
De son beau front ployé par la mélancolie
Commençaient à couler les sanglantes sueurs ;
Et lorsque le soleil , ému de tant d'horreurs ,
Reculant dans sa course , eut éteint sa lumière
Et jeté sur son front la nuit comme un suaire ,
Et se fut retiré, vivante majesté,
Comme un roi dans sa tente, en son obscurité ,
Un frisson s'empara de la nature entière ,

Et l'univers resta muet, épouvanté,
Dans le pressentiment de la Divinité...

Quel long frémissement au sein du crépuscule !
A travers les arceaux du bois silencieux
Un vent froid tout-à-coup se répand et circule :
C'est l'Ange de la mort qui plane dans les cieux ;
L'ange de l'agonie du dernier supplice,
Qui, l'âme en sa tristesse abîmée et sans voix,
Une main sur son front, dans l'autre le calice,
Traverse l'étendue et vole vers la croix.

O suprêmes instants. heure immense, heure triste,
Qui dira vos soupirs, vos douleurs, vos sanglots ?
Qui pourra désormais, après l'Évangiliste,
De ce jour du Calvaire éveiller les échos ?
Quelle voix, quelle voix magnifique et sublime
Chantera les terreurs des vivants et des morts,
Les cris de la montagne et les bruits de l'abîme
Et les gémissements etles affreux transports
De la convulsion qui s'empara du monde,
A cette heure suprême où le divin martyr,
Sentant sur ces cheveux le froid s'appesantir,
Fut pris devant la mort d'épouvante profonde?
Et lui qui, sans se plaindre, avait ouvert les bras,
Et baigné de son sang l'arbre dans son écorce,
Divin dans sa faiblesse autant que dans sa force,
S'écria : Seigneur Dieu, ne m'abandonnez pas !

HENRI BLAZE.

[LA FAUVETTE DU CALVAIRE.

LORSQUE de ses douleurs le blond fils de Marie,
Mourant, réjouissait Sion et Samarie,
        Hérode, Pilate et l'Enfer ,
Son agonie émut d'une pitié profonde
Les anges dans le ciel, les femmes en ce monde,
        Et les petits oiseaux dans l'air.
Et sur le Golgotha, noir du peuple infidèle,
        Quand les vautours à grand bruit d'aile ,
        Flairant la mort, volaient en rond ,
Sortant d'un bois en fleur au pied de la colline,
        Une fauvette pèlerine
Pour consoler Jésus se posa sur son front.
Oubliant pour la croix son doux nid sur la branche,
Elle chantait, pleurait et piétinait en vain,
Et de son bec pieux mordait l'épine blanche,
        Vermeille, hélas, du sang divin :
        Et l'ironique diadême
Pesait plus douloureux au front du moribond ;
Et Jésus, souriant d'un sourire suprême ,
        Dit à la fauvette : » A quoi bon ?...
» A quoi bon te rougir aux blessures divines?
» Aux clous du saint gibet à quoi bon t'écorcher ?
» Il est, petit oiseau , des maux et des épines
» Que du front et du cœur on ne peut arracher.
        » La tempête qui m'environne
        » Jette au vent ta plume et ta voix,
» Et ton stérile effort au poids de ma couronne,
» Sans même l'effeuiller, ajoute un nouveau poids.
La fauvette comprit, et, déployant son aile ,
Au perchoir épineux déchiré à moitié,

Dans son nid, que berçait la branche maternelle,
Courut ensevelir ses chants et sa pitié.

HÉGÉSIPE MOREAU.

LA MORT DU CHRIST.

JOUR de calamité ! ô remords éternels !
Comme un vil imposteur, entre deux criminels,
Sur la honteuse croix, les Hébreux l'étendirent,
Et du sang de Jésus les Flots se répandirent...
A peine d'Isral le crime est accompli,
Que la foudre a grondé, la terre a tressailli.
Avant l'heure du soir, de profondes ténèbres
Couvrent de Josaphat les monuments funèbres.
Les gardiens du supplice, alors saisis d'effroi.
Proclament le Messie et confessent la foi,
Et soudain abjurant leur fureur insensée,
Adorent à genoux la croix qu'ils ont dressée!
Tout s'émeut; chaque objet emprunte un sentiment
Pour dire à l'univers le saint événement :
Le temple sent mouvoir sa base de porphyre,
Du dôme jusqu'au pied son voile se déchire ;
Les vents impétueux, se croisant dans les airs,
Font voler vers Sion la poudre des déserts.
Les nuages surpris s'arrêtent dans leur course,
Le fleuve épouvanté remonte vers sa source.
De leurs linceuls vieillis écartant les lambeaux,
Les morts ressuscités sortent de leurs tombeaux ;
Le soleil s'obscursit, les montagnes se fendent;
D'eux-mêmes dans l'enfer les tourments se suspendent;
Les démons à leur tour connaissent la terreur ;
Sur son trône ébranlé, Satan, plein de fureur,

Du serpent favori voit la tête écrasé,
La chaîne de la mort entre ses mains brisée,
En vain de ses sujets il réclament l'appui,
Ses captifs rachetés s'échappent malgré lui.
Faisant taire leur chant, les célestes cohortes,
Du royaume éternel ouvrent déjà les portes ;
Vers les cieux attentifs un cri s'est élevé...
L'âme du Dieu s'exale... et le monde est sauvé !

Mᵐᵉ EMILE DE GIRARDIN.

LA RÉSURRECTION.

Il est ressuscité, le linceul et la terre
Ne couvrent plus son front ! ineffable mystère !
Du sépulcre désert le marbre est soulevé !
Il est ressuscité ; comme un guerrier fidèle,
Que le bruit du clairon à son poste rappelle,
      Peuples, le Seigneur s'est levé !

Ainsi qu'un pèlerin à moitié du voyage,
Sous l'abri d'un palmier couché pendant l'orage,
Se lève, et, le cœur plein de ses célestes vœux,
Secoue, en s'éveillant, une feuille séchée
Qui, pendant son sommeil, de l'arbre détachée,
      S'était mêlée à ses cheveux ;

Ainsi le mort divin, à l'aube renaissante,
A jeté loin de lui cette pierre impuissante,
Sacrilége gardien de son cadavre roi,
Quand son âme, du fond de la sombre vallée,
Au corps qui l'attendait tout-à-coup rappelée,
      Lui dit : Me voilà, lève toi !...

Or, c'était le matin, Salome et Madeleine,

Tout bas s'entretenant du sujet de leur peine,
Pleuraient amèrement l'homme crucifié.
Voilà que du saint temple a chancelé le faîte.
Les bourreaux ont pâli, croyant voir sur leur tête
   Le Dieu qu'ils ont crucifié !

Un jeune homme, étranger, appuyé sur sa lance,
Au pied du monument est debout en silence :
Ses vêtements sont blancs ; son visage est de feu :

» Celui que vous cherchez, ô femme désolée !
» Dit-il avec douceur, il est en Galilée.
   » Allez, il n'est plus en ce lieu !

» Chantons ! qu'à la douleur succède enfin la joie ;
» Que l'or accoutumé, que la pourpre et la soie
» Resplendissent encor sur l'autel attristé !
» Que le prêtre vêtu de la robe de neige,
» A l'éclat des flambeaux, dans un pieux cortége,
   » Annonce le ressuscité ! »

ANTONY DESCHAMPS.

GLOIRE A DIEU.

Les cieux racontent la gloire
Du souverain Créateur.
La nuit garde la mémoire
Du sublime ordonnateur
Qui fit camper sous ses voiles
Cette milice d'étoiles
Dont les bataillons divers,
Dans leur course mesurée,
Traversent de l'empirée
Les magnifiques déserts.

Le soleil, élevant sa tête radieuse,
Ferme de ce grand chœur la marche harmonieuse :
Ainsi, de l'autel d'or franchissant le degré,
Le pontife éclatant et consomme et termine
      Une pompe divine
Dans un temple superbe au Seigneur consacré...
     Méchants ! votre hymne criminelle
De la nuit des enfers ranime tous les feux :
Vous invoquez Satan, qu'il exauce vos vœux !
     Tombez dans la nuit éternelle !

   Ah ! retournez plutôt à vos devoirs ! —
    Prions pour eux, ce sont nos frères !
Ils ont bu comme nous le vin de nos pressoirs,
    Et sucé le lait de nos mères !

    N'écoute point dans ta colère,
O Dieu ! le cri de ces infortunés :
    Prends pitié de leurs nouveaux-nés ;
    Donne la paix à leur misère.
    Que le bruit des astres roulants
Te rende sourd aux clameurs de l'impie,
    Et n'entends que la voix qui prie
    Pour le péché de tes enfants.

    La fraîche et brillante rosée,
Au bord des flots les tamarins en fleur,
Le vent qui, perdant sa chaleur,
    Glisse sur la mer apaisée ;

Tout rit : du firmament serein
S'ouvre à nos yeux le superbe portique !
    O Dieu, sois doux et pacifique
Comme l'ouvrage de ta main !

DE CHATEAUBRIAND

LA FOI.

HEUREUX, oh ! bienheureux qui, dans un jour d'ivresse,
A pu faire au Seigneur le don de sa jeunesse,
Et qui, prenant la foi comme un bâton noueux,
A gravi loin du monde un sentier sinueux !
Heureux l'homme isolé qui met toute sa gloire
Au bonheur ineffable, au seul bonheur de croire !...
Il a, sans la chercher, la parfaite beauté,
Et les trésors divins de la sérénité ;
Puis il voit devant lui sa vie immense et pleine,
Comme un pieux soupir, s'écouler d'une haleine ;
Et, lorsque sur son front la mort pose ses doigts,
Les anges près de lui descendent à la fois ;
Au sortir de sa bouche ils recueillent son âme,
Et, croisant par-dessus leurs deux ailes de flâmme,
L'emportent toute blanche au céleste séjour,
Comme un petit enfant qui meurt sitôt le jour.

AUGUSTE BARBIER.

LA CHARITÉ.

CHARITÉ ! langue universelle
Que tous comprennent ici-bas,
Ton alphabet divin recèle
Le trésor qu'on épuise pas,
Le trésor des saintes paroles !
Car, alors que tu nous consoles
Par des mots plus doux que le miel,
Nous laissons notre âme ravie
Trouver dans le Verbe la vie
Dont elle vivra dans le ciel !

Charité ! mine intarissable ,
De grains d'or tes flancs sont couverts ;
Plus nombreux que les greins de sable.
Semés sans nombre aux bords des mers.
Mais pour sillonner tes carrières ,
Il faut surtout des ouvrières ;
Et la femme de ses doigts blancs ,
Quand un seul penser la domine,
En travaillant à cette mine
Fait ruisseler l'or de ses flancs.

Charité ton parfum s'attache
A la main qui sait nous l'offrir ;
Vainement cette main se cache ,
Le parfum la fait découvrir.
Et si , sur les ronces pressée
Saigne encore toute blessée
Cette main coupable jadis ,
Ton baume la couvre et la calme ,
Pour qu'elle soulève la palme
La plus belle du paradis.

Mme DALTENHEIM-SOUMET.

><><><><

UN ANGE.

IL est au pied du Christ , à côté de sa mère,
Un ange, le plus beau des habitants du ciel ,
Un frère adolescent de ceux que Raphaël
Entre ses bras divins apporta sur la terre.

Un léger trouble à peine effleure sa paupière,
Sa voix ne s'unit pas au cantique éternel ;
Mais son regard, plus tendre et presque maternel ,
Snit l'homme qui s'égare au vallon de misère.

De clémence et d'amour esprit consolateur,
Dans une coupe d'or, sous les yeux du Seigneur,
Par lui du repentir les larmes sont comptées ;

Car de la pitié sainte il a reçu le don :
C'est lui qui mène à Dieu les âmes rachetées,
Et ce doux séraphin se nomme : LE PARDON.

ANTOINE DE LATOUR.

LA PÉNITENCE (*).

SEIGNEUR, écoute ma prière :
Tu m'as tiré de la poussière,
Tu m'as donné l'amour, tu m'as donné la foi,
Tu m'as fait don de la nature entière ;
Et cependant mon cœur cherche encor la lumière
Qui doit m'élever jusqu'à toi !

Pourquoi vivre et gémir au fond de ces abîmes
Pourquoi tant de douleurs et de remords sans crimes ?
Est-ce donc à ces maux que je dois aspirer ?
Tu me donnas la vie, et je vins t'adorer :
Maintenant on me dit : Ton Dieu veut des victimes,

Ton Dieu se plaît à voir pleurer !
Quoi ! les moissons, les fleurs, tous les biens de la terre
Ces doux trésors d'un Dieu que je nomme mon père,
Ma raison doit les détester?
Jouir de ses bienfaits, ce serait lui déplaire ;
Jouir de mon bonheur, ce serait l'irriter ?

Hélas ! tout est compris dans l'horrible anathême :

(*) Vers écrits sur le livre des voyageurs, à la grande Chartreuse
près de Grenoble.

Et la femme, et la mère, et le fils, et la sœur !
Dieu veut que la vertu ne soit que la douleur !
    Et, d'après son ordre suprême,
    Je dois effacer de mon cœur
Jusqu'au besoin d'aimer qu'il y grava lui-même!

Les saints parlent ainsi; voilà leur vérité !
    L'œuvre du Dieu n'est plus qu'un piége,
    Le doux plaisir un sacrilége,
    Et la vie une impiété !

Allons, faible mortel, des jeûnes, des cilices!
Repousse tous les biens ici-bas répandus,
Appelle tous les maux pour étouffer les vices,
    Et que la crainte des supplices
    Te donne au moins quelques vertus!

    C'est la loi, c'est la Providence !
    Ainsi le Dieu de vérité
    N'est pour nous qu'un Dieu de vengeance,
    Nous osons peser sa clémence
    Au poids de notre humanité !
Il faut que la douleur dans tous les temples veille ;
Il faut que le plaisir dans tous les cœurs sommeille :
    Dieu veut nous voir environnés
De tous les maux que tant d'orgueil éveille ;
    Il veut, pour charmer son oreille,
    Les gémissements des damnés !
    Ah! pendant que la pénitence
Me montre un Dieu dans sa sévérité,
    Moi, je reconnais sa présence
    Partout où je vois sa bonté.
    J'admire sa magnificence,
Je reste confondu devant sa majesté,

Mais je comprends son indulgence
En voyant son éternité!

L'éternité! ce mot que dit-il sur la terre?
Il dit que mon âme espère,
Il dit ce que chantaitPlaton;
C'est cette sublime lumière
Qui ne vient pas de la poussière,
Et qui me trace la carrière
Vers le ciel, où je lis ton nom!

Elle est donc aussi mon partage!
Qu'avec étonnement je la retrouve en moi!
C'est la vie, ô mon Dieu, dans ton plus noble ouvrage,
C'est l'homme fait à ton image,
Et qui s'élance jusqu'à toi!

Bénissons, bénissons la parole immortelle
Que Platon, disciple fidèle,
Reçut de Socrate expirant!
Oui! oui, notre âme est immortelle!
Le Dieu qui l'a faite est si grand!
Jamais de sa main paternelle
Il n'eût fait sortir le néant!
La Grèce a retenti des paroles du sage;
L'infortuné respire et connaît son destin,
Et Jésus-Christ reçoit cet héritage
Pour le léguer au genre humain!

L. AIMÉ MARTIN.

><><><><

L'IMITATION.

LIVRE obscur et sans nom, humble vase d'argile,
Mais rempli jusqu'au bord des sucs de l'Évangile,
Où la sagesse humaine et divine, à longs flots,

Dans le cœur altéré coulent en peu de mots ;
Où chaque âme, à sa soif, vient, se penche et s'abreuve
Des gouttes de sueur du Christ à son épreuve ;
Trouve, selon le temps, ou la peine, ou l'effort ;
Le lait de la mamelle ou le pain fort du fort,
Et sous la croix où l'homme ingrat le sacrifie
Dans les larmes du Christ boit sa philosophie !

DE LAMARTINE.

✕✕✕✕✕✕

LE DOUTE.

Où va l'homme ? où court-il ? où veut-il s'engloutir ?
Quel foudre va tonner ? quelle voix retentir ?..
Ô désordre ! ô clémence ! aveuglement étrange !
De tous les maux ensemble ô bizarre mélange !
O siècle agonisant qui, sur ton lit de mort,
Pousses des cris de haine et pas un de remord !

Hélas ! où sont ces temps où, dans chaque famille
Humble et pure, la foi dès le berceau naissait,
Où le cœur du jeune homme et de la jeune fille,
Religieux, sous l'œil paternel grandissait ?
Où, sans vouloir sonder ce que Dieu couvrit d'ombre,
D'une simple croyance on se laissait charmer,
Où l'âme préférait le jour à la nuit sombre,
Où l'on ne voulait pas de raisons pour aimer ?
Où les hommes vivaient heureux de leur fortune,
Où maîtres et servants ensemble moissonnaient,
Où le soir la prière à tous était commune,
Où dans un même amour tous les cœurs s'endormaient ?

Les siècles ont passé : — Le doute, l'affreux doute
S'est doucement glissé, serpent, dans les esprits ;
Seul, errant, incertain, l'homme a perdu sa route,

Et la voûte des cieux tremble encor de ses cris.
Il a voulu savoir : dans les ombres funèbres
Son esprit a plongé sans jamais être las,
Et comme pour ses yeux tout n'était que ténèbres,
Orgueilleux ! il a dit que cela n'était pas !
Que cela n'était pas?... Mais quoi donc ! la nature
Homme, n'est-elle plus toujours bonne pour toi?
Ce Dieu n'est-il donc plus le Dieu de l'Ecriture,
Le Dieu saint qui dicta la douce et pure loi?
Ses dons sont-ils changés? sa charité puissante
N'épanche-t-elle plus sur toi vie et bonheur?
Et ne donne-t-elle plus de sa main caressante
Et son fruit à ta bouche, et son livre à ton cœur?
Pour toi, mauvais enfant, toujours bon, toujours père,
Il offre à tes désir l'éternelle beauté,
Au crime le pardon, aux larmes la prière;
A l'âme la science et l'immortalité;
Ingrat ! et quand ta voix lui jette l'anathême,
Ton Dieu partout, dans tout, te crie encor : Je t'aime!

P.-JULES BARBIER.

LES REGRETS ET L'ESPÉRANCE.

Mourir ! et j'attendais la gloire :
Je rêvais tout un avenir !
Mourir ! et jamais à l'histoire
Mon nom ne doit appartenir !
Je passerai comme l'abeille
Qui dans son lit de fleurs sommeille
Laissant son miel inachevé.
Je m'en irai comme la barque
Que nul voyageur ne remarque

Sur les eaux du lac soulevé.

Qu'est-ce donc qu'une destinée
Qui n'a compté que deux instants ?
Qu'est-ce qu'une course bornée
A deux pas au chemin du temps !
Qu'importe que notre paupière
S'ouvre un moment à la lumière
Pour rentrer dans l'obscurité ?
Ah! loin d'être un objet d'envie,
Dites-moi quel prix vaut la vie
Qui n'est pas l'immortalité !

Marcher sans laisser dans le monde
Un de ces sillons radieux
Dont la trace longue et profonde
Éclaire à la fois tous les yeux,
Passer à jeter à la terre
Quelque semence salutaire
Qui lui rapporte une moisson,
Prisonnier dans l'enceinte obscure
Où nous renferme la nature,
Sortir sans payer de rançon ;

Errer parmi ces troupes d'hommes
Dont le mépris couvre les fronts,
En demandant ce que nous sommes,
En cherchant ce que nous serons ;
A côté du néant d'un autre
Nous hâter d'engloutir le nôtre ;
Gladiateur toujours vaincu,
Tomber inconnu dans l'arère,
Et léguer à la poudre humaine
Notre poudre : est-ce avoir vécu ?

Oui, si de mes destinées
Je n'ai point avili l'emploi,
Si je partageai mes journées
Entre les malheureux et toi,
O mon Dieu! si dans ma souffrance,
Plein d'espoir en ta providence,
Je sus aimer et secourir,
Peut-être ai-je payé ma dette
A ce monde que je regrette,
A ce ciel que tu vas m'ouvrir.

Et toi, silence, âme insensée!
La terre captivait tes yeux.
Elève plus haut ta pensée :
Regarde du côté des cieux.
Là l'immeusité se déploie ;
Là, d'un vaste océan de joie,
Pour le juste et pour ses pareils,
Jaillissent les sources fécondes,
Au-dessus d'innombrables mondes
Et d'incalculables soleils.

A la sphère étroite et cachée,
Où tu rampas quelques instants,
Tu croyais ta vie attachée :
Tu ne comptais qu'avec le temps,
Compte misérable et frivole !
Le temps sur ses ailes s'envole ;
L'éternité brille à tes yeux,
Athlète que mon cri fait taire,
Si le combat est sur la terre,
Le prix t'appelle dans les cieux.

Malheur à vous dont la folie

Veut briser dans nos faibles mains
Cette chaîne auguste qui lie
Dieu lui-même avec les humains !
Malheur à vous dont le murmure
Du fond de votre fange impure
Monte vers son trône inconnu !
Vous qui blasphémez le grand Être,
Vous tremblerez de le connaître
Lorsque son jour sera venu.

Il vient : il brise sur vos têtes
Ces couronnes et ces lauriers,
Vaines et fragiles conquêtes
Des poètes et des guerriers.
Une larme de l'innocence,
Un denier de la bienfaisance,
Devant lui comptent cent fois plus
Que vos talents, que vos victoires :
Car si la terre veut des gloires,
Dieu n'exige que des vertus.

BRIFAUD.

><><><><

LA PRIÈRE POUR TOUS.

MA fille, va prier ! — Vois, la nuit est venue.
Une planète d'or là-bas perce la nue ;
La brume des coteaux fait trembler le contour ;
A peine un char lointain glisse dans l'ombre. — Ecoute !
Tout rentre et se repose, et l'arbre de la route
Secoue au vent du soir la poussière du jour !...

C'est l'heure où les enfants parlent avec les anges.
Tandis que nous courons à nos plaisirs étranges,

Tous les petits enfants, les yeux levés au ciel,
Mains jointes et pieds nus, à genoux sur la pierre,
Disant à la même heure une même prière,
Demandent pour nous grâce au père universel.

Et puis ils dormiront. Alors, épars dans l'ombre,
Les rêves d'or, essaim tumultueux, sans nombre,
Qui naît aux derniers bruits du jour à son déclin,
Voyant de loin leur souffle et leurs bouches vermeilles
Comme volent aux fleurs de joyeuses abeilles,
Viendront s'abattre en foule à leurs rideaux de lin !

O sommeil du berceau ! prière de l'enfance !
Voix qui toujours caresse et qui jamais n'offense !
Douce religion, qui s'égaie et qui rit !
Prélude du concert de la nuit éternelle,
Ainsi que l'oiseau met sa tête sous son aile,
L'enfant dans la prière endort son jeune esprit.

Ma fille va prier ! — D'abord, surtout, pour celle
Qui berça tant de nuits ta couche qui chancelle,
Pour celle qui te prit jeune âme dans le ciel,
Et qui te mit au monde, et depuis, tendre mère,
Faisant pour toi deux parts dans cette vie amère,
Toujours a bu l'absinthe et t'a laissé le miel !

Prie ensuite pour moi ! J'en ai besoin plus qu'elle !
Elle est, ainsi que toi, bonne, simple et fidèle !
Elle a le front limpide et le cœur satisfait.
Beaucoup ont sa pitié ; nul ne lui fait envie ;
Sage et douce, elle prend patiemment la vie :
Elle souffre le mal sans savoir qui le fait.

Tout en cueillant des fleurs, jamais sa main novice
N'a touché seulement à l'écorce du vice ;

Nul piége ne l'attire à son riant tableau ;
Elle est pleine d'oubli pour les choses passées ;
Elle ne connaît pas les mauvaises pensées ,
Qui passent dans l'esprit comme une ombre sur l'eau.

Elle ignore , — à jamais ignore-les comme elle ! —
Ces misères du monde où notre âme se mêle ,
Faux plaisirs , vanités , remords , soucis rongeurs ,
Passions sur le cœur flottant comme une écume ,
Intimes souvenirs de honte et d'amertume ,
Qui font monter au front de subites rougeurs !

Moi , je sais mieux la vie , et je pourrai te dire ,
Quand tu seras plus grande et qu'il faudra t'instruire....
Qu'on vieillit sous le vice et l'erreur abattu ;
Qu'à force de marcher l'homme erre , l'esprit doute.
Tous laissent quelque chose aux buissons de la route :
Les troupeaux, leur toison, et l'homme, sa vertu !

Va donc prier pour moi ! — Dis pour toute prière :
« Seigneur, Seigneur, mon Dieu, vous êtes notre père;
» Grâce, vous êtes bon ! grâce, vous êtes grand ! »
Laisse aller ta parole où ton âme l'envoie ;
Ne t'inquiète pas: toute chose a sa voie,
Ne t'inquiète pas du chemin qu'elle prend !

Il n'est rien ici-bas qui ne trouve sa pente.
Le fleuve jusqu'aux mers dans la plaine serpente ,
L'abeille sait la fleur qui recèle le miel.
Toute aile vers son but incessamment retombe :
L'aigle vole au soleil, le vautour à la tombe,
L'hirondelle au printemps, et la prière au ciel !

Lorsque pour moi, vers Dieu ta voix s'est envolée,
Je suis comme l'esclave, assis dans la vallée,

Qui dépose sa charge aux bornes du chemin ;
Je me sens plus léger ; car ce fardeau de peine ,
De fautes et d'erreurs qu'en gémissant je traîne,
Ta prière, en chantant, l'emporte dans sa main !...

    Prie encore pour tous ceux qui passent
    Sur cette terre des vivants !
    Pour ceux dont les sentiers s'effacent
    A tous les flots, à tous les vents !
    Pour l'insensé qui met sa joie
    Dans l'éclat d'un manteau de soie ,
    Dans la vitesse d'un cheval !
    Pour quiconque souffre et travaille ,
    Qu'il s'en revienne ou qu'il s'en aille,
    Qu'il fasse le bien ou le mal !...

    Prie aussi pour ceux que recouvre
    La pierre du tombeau dormant,
    Noir précipice qui s'entrouvre
    Sous notre foulé à tout moment !
    Toutes ces âmes en disgrâce
    Ont besoin qu'on les débarrasse
    De la vieille rouille du corps.
    Souffrent-elles moins pour se taire ?
    Enfant ! regardons sous la terre !
    Il faut avoir pitié des morts !

A genoux, à genoux, à genoux sur la terre
Où ton père a son père, où ta mère a sa mère,
Où tout ce qui vécut dort d'un sommeil profond !
Abîme où la poussière est mêlée aux poussières,
Où sous son père encore on retrouve des pères,
Comme l'onde sous l'onde en une mer sans fond !

Enfant ! quand tu t'endors, tu ris ! l'essaim des songes
Tourbillonne, joyeux, dans l'ombre où tu te plonges,
S'effarouche à ton souffle, et puis revient encor ;
Et tu rouvres enfin tes yeux divins que j'aime,
En même temps que l'aube, œil céleste elle-même,
Entr'ouvre à l'horizon sa paupière aux cils d'or !

Mais eux, si tu savais de quel sommeil ils dorment !
Leurs lits sont froids et lourds à leurs os qu'ils déforment.
Les anges autour d'eux ne chantent pas en chœur ;
De tout ce qu'ils ont fait le rêve les accable ;
Pas d'aube pour leur nuit ; le remords implacable
S'est fait vers du sépulcre et leur ronge le cœur.

Tu peux avec un mot, tu peux d'une parole
Faire que le remords prenne une aile et s'envole !
Qu'une douce chaleur réjouisse leurs os !
Qu'un rayon touche encor leur paupière ravie,
Et qu'il leur vienne un bruit de lumière et de vie,
Quelque chose des vents, des forêts et des eaux.

Oh ! dis-moi, quand tu vas, jeune et déjà pensive,
Errer au bord d'un flot qui se plaint sur la rive,
Sous des arbres dont l'ombre emplit l'âme d'effroi !
Parfois dans les soupirs de l'onde et de la brise,
N'entends-tu pas de souffle et de voix qui te dise :
« Enfant ! quand vous priez, prierez-vous pas pour moi?»

C'est la plainte des morts ! — Les morts pour qui l'on prie
Ont sur leur lit de terre une herbe plus fleurie.
Nul démon ne leur jette un sourire moqueur.
Ceux qu'on oublie, hélas ! leur nuit est froide et sombre,
Toujours quelque arbre affreux, qui les tient sous son om-
Leur plonge sans pitié ses racines au cœur!　　　　[bre,

Prie afin que le père, et l'oncle et les aïeules.
Qui ne demandent plus que nos prières seules,
Tressaillent dans leur tombe en s'entendant nommer,
Sachent que sur la terre on se souvient encore,
Et comme le sillon qui sent la fleur éclore,
Sentent dans leur œil vide une larme germer.

Ce n'est pas à moi, ma colombe,
De prier pour tous les mortels,
Pour les vivants dont la foi tombe,
Pour tous ceux qu'enferme la tombe,
Cette racine des autels !

Ce n'est pas moi, dont l'âme vaine,
Pleine d'erreurs, vide de foi,
Qui prierais pour la race humaine,
Puisque ma voix suffit à peine,
Seigneur, à vous prier pour moi !

Non, si pour la terre méchante
Quelqu'un peut prier aujourd'hui,
C'est toi, dont la parole chante,
C'est toi ! — ta prière innocente,
Enfant, peut se charger d'autrui !...
Pour ceux que les vices consument
Les enfants veillent au saint lieu ;
Ce sont des fleurs qui le parfument,
Ce sont des encensoirs qui fument,
Ce sont des voix qui vont à Dieu !

Laissons faire ces voix sublimes ;
Laissons les enfants à genoux.
Pécheurs ! nous avons tous nos crimes,
Nous penchons tous sur les abîmes,
L'enfance doit prier pour tous !

Comme une aumône , enfant , donne donc ta prière
A ton père , à ta mère , au père de ton père ;
Donne au riche à qui Dieu refuse le bonheur ,
Donne au pauvre, à la veuve , au crime , au vice immonde.
Fais , en priant , le tour des misères du monde ;
Donne à tous ! donne aux morts ! enfin donne au Seigneur !

— « Quoi ! murmure ta voix, qui veut parler et n'ose,
 Au Seigneur, au Très-Haut, manque-t-il quelque chose?
» Il est le Saint des saints, il est le Roi des rois !
» Il se fait des soleils un cortége suprême !
» Il fait baisser la voix à l'Océan lui-même !
» Il est seul ! il est tout ! à jamais ! à la fois ! »

Enfant, quand tout le jour vous avez en famille,
Tes deux frères et toi, joué sous la charmille,
Le soir vous êtes las, vos membres sont pliés,
Il vous faut un lait pur et quelques noix frugales,
Et, baisant tour à tour vos têtes inégales,
Votre mère à genoux lave vos faibles pieds.

Eh bien! il est quelqu'un dans ce monde où nous sommes
Qui tout le jour aussi marche parmi les hommes,
Servant et consolant, à toute heure. en tout lieu !
Un bon pasteur qui suit sa brebis égarée,
Un pèlerin qui va de contrée en contrée.
Ce passant, ce pasteur, ce pèlerin, c'est Dieu !

Le soir il est bien las ! il faut, pour qu'il sourie,
Une âme qui le serve, un enfant qui le prie,
Un peu d'amour ! O toi, qui ne sais pas tromper,
Porte-lui ton cœur plein d'innocence et d'extase,
Tremblante et l'œil baissé, comme un précieux vase
Dont on craint de laisser une goutte échapper !

Porte-lui ta prière ! et quand , à quelque flamme
Qui d'une chaleur douce emplira ta jeune âme,
Tu verras qu'il est proche, alors, ô mon bonheur,
O mon enfant ! sans craindre affront ni raillerie,
Verse, comme autrefois Marthe, sœur de Marie,
Verse tout ton parfum sur les pieds du Seigneur !...

> Fleurs dont la chapelle
> Se fait un trésor !
> Flamme solennelle ,
> Fumée éternelle
> Des sept lampes d'or !
>
> Odeurs immortelles
> Que les Ariel ,
> Archandes fidèles,
> Prennent sur leurs ailes
> En venant du ciel ! ..
>
> Dans l'auguste sphère ,
> Parfums qu'êtes-vous ,
> Près de la prière
> Qui dans la poussière
> S'élance à genoux ?
>
> Près du cri d'une âme
> Qui fond en sanglots ,
> Implore et réclame ,
> Et s'exhale en flamme ,
> Et se verse à flots !

Quand elle prie, un ange est debout auprès d'elle ,
Caressant ses cheveux des plumes de son aile,
Essuyant d'un baiser son œil de pleurs terni,
Venu pour l'écouter sans que l'enfant l'appelle ;

3

Esprit qui tient le livre où l'innocence épelle,
Et qui, pour remonter, attend qu'elle ait fini.

Son beau front incliné semble un vase qu'il penche
Pour recevoir les flots de ce cœur qui s'épanche ;
Il prend tout, pleurs d'amour et soupirs de douleurs ;
Sans changer de nature, il s'emplit de cette âme,
Comme le pur cristal que notre soif réclame
S'emplit d'eau jusqu'aux bords sans changer de couleur.

Ah ! c'est pour le Seigneur sans doute qu'il recueille
Ces larmes goutte à goutte et ce lis feuille à feuille !
Et puis il reviendra se ranger au saint lieu,
Tenant prêts ces soupirs, ces parfums, cette haleine,
Pour étancher, le soir, comme une coupe pleine,
Ce grand besoin d'amour, la seule soif de Dieu !

Enfant ! dans ce concert qui d'en bas le salue,
La voix de Dieu lui-même entre toutes élue ;
C'est la tienne, ô ma fille ! elle a tant de douceur,
Sur des ailes de flamme elle monte si pure,
Elle expire si bien en amoureux murmure
Que les vierges du ciel disent : C'est une sœur !

Oh ! bien loin de la voie
Où marche le pécheur,
Chemine où Dieu t'envoie !
Enfant ! garde ta joie !
Lis ! garde ta blancheur !

Sois humble ! que t'importe
Le riche et le puissant !
Un souffle les emporte.
La force la plus forte
C'est un cœur innocent !...

Reste à la solitude !
Reste à la pauvreté !
Vis sans inquiétude !
Et ne te fais d'étude
Que de l'éternité !

Il est loin de nos villes
Et loin de nos douleurs,
Des lacs purs et tranquilles
Et dans toutes les îles
Sont des bouquets de fleurs !

Flots d'azur où l'on aime
A laver ses remords !
D'un charme si suprême
Que l'incrédule même
S'agenouille à leurs bords !

L'ombre qui les inonde
Calme et nous rend meilleurs ;
Leur paix est si profonde
Que jamais à leur onde
On n'a mêlé de pleurs !

Et le jour, que leur plaine
Reflète éblouissant ,
Trouve l'eau si sereine
Qu'il y hasarde à peine
Un nuage en passant !...

O ma fille ! âme heureuse !
O lac de pureté !
Dans la vallée ombreuse ,
Reste où ton Dieu te creuse

Un lit plus abrité !

Lac que le ciel parfume !
Le monde est une mer ;
Son souffle est plein de brume,
Un peu de son écume
Rendrait ton flot amer !

Et toi, céleste ami qui gardes son enfance,
Qui, le jour et la nuit lui fais une défense
De tes ailes d'azur !
Invisible trépied où s'allume sa flamme !
Esprit de sa prière, ange de sa jeune âme,
Cygne de ce lac pur !
Dieu te l'a confié, et je te la confie !
Soutiens, relève, exhorte, inspire et fortifie
Sa frêle humanité !
Qu'elle garde à jamais, réjouie et souffrante,
Cet œil plein de rayons, cette âme transparente,
Cette sérénité
Qui fait que tout le jour, et sans qu'elle te voie,
Ecartant de son cœur faux désirs, fausse joie,
Mensonge et passion,
Prosternant à ses pieds ta couronne immortelle,
Comme elle devant Dieu, tu te tiens devant elle
En adoration !

VICTOR HUGO.

POÉSIE PHILOSOPHIQUE ET MORALE.

———————

L'INFINI.

Oh ! comme en voyageant dans le vaste empyrée
L'imagination parle à l'âme inspirée !
Les soleils aux soleils succèdent à mes yeux ;
Les cieux évanouis se perdent dans les cieux :
De la création je crois toucher la cime ,
Et soudain à mes pieds se montre un autre abîme.
O prodige ! le monde allait s'agrandissant ;
Le monde tout-à-coup s'abaisse en décroissant ;
De degrés en degrés s'étend la chaîne immense ;
L'infini s'arrêtait , l'infini recommence.
De l'ouvrage des dieux insensibles tissus ,

Invisibles à l'œil , du verre inaperçus ,
Des univers sans noms et des mondes d'atomes ,
Familles , nations , républiques , royaumes ,
Ayant leurs lois ; leurs mœurs , leur haine , leur amour,
Abrégés de la vie et chefs-d'œuvre d'un jour ;
Des confins du néant où Dieu mit leur naissance ,
Jusqu'en leur petitesse attestant leur puissance ,
Le montrent aussi grand que dans l'immensité,
Entouré de l'espace et de l'éternité.
Ainsi dans la nature insensible ou vivante ,
Au bord d'un double abîme , éperdu d'épouvante ,
J'atteins par la pensée , ou le verre , ou mes yeux ,
Tout ce qui remplit l'air ou la terre ou les cieux ,
Ne voyant plus de terme où l'univers s'arrête ,
Des mondes sous mes pieds , des mondes sur ma tête ,
Je ne vois qu'un grand cercle où se perd mon regard ,
Dont le centre est partout et les bords nulle part ,
Planètes , terres , mers , en merveilles fécondes ,
Et par-delà ces mers , ces planètes , ces mondes ,
Dieu , le Dieu créateur , qui pour temple a le ciel ,
Les astres pour cortége , et pour nom l'Eternel .

DELILE.

>o◦◦◦◦<

LE RAYON.

   Vois-tu glisser entre deux feuilles
Ce rayon sur la mousse où l'ombre traîne encor,
Qui vient obliquement sur l'herbe que tu cueilles
S'appuyer par le bout comme un grand levier d'or,
L'étamine des fleurs qu'agite la lumière
Y monte en tournoyant en sphère de poussière,

L'air y devient visible, etdans ce cl air milieu
On voit tourbillonner des milliers d'étincelles,
D'insectes colorés, d'atômes bleus, et d'ailes
Qui nagent en jetant une lueur de Dieu.

Comme ils graviten en cadence !
Nouant et dénouant leurs vols harmonieux !
Des mondes de Platon on croirait voir la danse
S'accomplissant au son des musiques des cieux.
L'œil ébloui se perd dans leur foule innombrable,
Il en faudrait un monde à faire un grain de sable ;
Le regard infini pourrait seul les compter.
Chaque parcelle encore y poudroie en parcelle ;
Oh ! c'est ici le pied de l'éclatante échelle
Que de l'atome à Dieu l'infinie voit monter.

Pourtant chaque atome est un être !
Chaque globule d'air est un monde habité !
Chaque monde y régit d'autres mondes peut-être
Pour qui l'éclair qui passe est une éternité !
Dans leur lueur de temps, dans leur goutte d'espace,
Ils ont leurs jours, leurs nuits, leurs destins et leur place ;
La pensée et la vie y circulent à flot ;
Et pendant que notre œil se perd dans ces extases,
Des milliers d'univers ont accompli leurs phases
Entre la pensée et le mot !

O Dieu ! que la source est immense
D'où coule tant de vie, où rentrent tants de morts !
Que perçant l'œil qui porte à de telle distance !
Qu'infini le regard qui veille à tant de sorts !
Que d'amour dans ton sein pour embrasser ces mondes,
Pour couver de si loin ces poussières fécondes,

Descendre, aussi puissant, des soleils au ciron !
Et comment supporter l'éclat dont tu te voiles ?
Comment te contempler au jour de tes étoiles ?
        Dieu si grand dans un seul rayon !

                              DE LAMARTINE.

                    ⋈ ⋊⋉ ⋈

LE FLUX ET LE REFLUX.

SECRET de l'Océan, ô flux mystérieux !
Daigneras-tu jamais dévoiler à nos yeux
Le moteur qui, deux fois dans la même journée,
Retire et rend les flots à la rive étonnée ?
Sur son trône de feu l'astre de l'univers
Règle-t-il à son gré tes mouvements divers ?
Dans l'ombre de la nuit, son heureuse rivale
Les tient-elle asservis à sa marche inégale ?
Et d'où vient qu'en tous lieux fidèles et réglés
L'Euripe (*) seul les voit inconstants et troublés ?
    O Venus-Uranie, ô féconde nature !
Toi qui, par les accents de l'antique Epicure,
Aux mortels éclairés fis entendre ta voix,
L'Olympe et l'univers sont soumis à tes lois !
Tu déchaînes les vents, tu calmes les tempêtes ;
Tu fais briller ces feux qui roulent sur nos têtes ;
Et le plus vil atome échappé de tes mains
D'un prodige invisible étonne les humains.

(*) Aujourd'hui le détroit de Nègrepont, célèbre par la singularité
du flux et du reflux qui s'y font sentir jusqu'à dix ou douze fois
par jour.

Oh ! qui m'expliquera ta sublime harmonie ?
Quel homme , à tes flambeaux éclairant son génie ,
Osera révéler à mes yeux indiscrets
Ta marche impénétrable et tes derniers secrets ?

ESMÉNARD.

LES INSECTES.

QUELQUEFOIS , arrêté dans le creux d'un vallon ,
Abaissant mes regards jusqu'à l'humble buisson ,
Des insectes divers les peuplades nombreuses
Me montrent le tableau des cités orageuses :
Là sur un vil gazon l'insecte a sa fierté ,
Ce peuple a son orgueil , ces rois leur majesté ;
Là les jours écoulés ont aussi leur histoire ,
Il est là des héros qui rêvent à la gloire ;
Il est là des tyrans , jaloux de leur pouvoir ,
Qui règnent tout un jour , qu'on détrône le soir.
Tandis que des partis l'ambition superbe
Usurpe un grain de sable et dispute un brin d'herbe ,
Le voyageur distrait renverse sous ses pas
Vingt empires fameux qu'il ne soupçonnait pas.

MICHAUD.

LE MYSTÈRE.

LES dieux ont dit à l'homme : Il est un grand mystère
Que ton œil cherche en vain à percer sur la terre :
        Ce mystère est la vérité.
Enveloppé par nous d'ombres et de nuages,

3..

Mortel, au premiers temps ainsi qu'aux derniers âges,
    Tu n'en auras point hérité !

Ce mystère est en tout couvert de voiles ;
Il est dans la clarté que lancent les étoiles,
    Dans les feux dont brille le jour ;
Il est dans le brin d'herbe et dans le cours de l'onde,
Dans les vents, dans les mers, dans le ciel, dans le monde;
    Ce mystère est aussi l'amour.

Demande aux fleurs des bois pourquoi sur leurs calices
Le zéphir de l'amour dépose les prémices ;
    Elles te diront : « Je ne sais. »
Demande-leur pourquoi le soleil les fait vivre ;
Chacune répondra : « Je le sens, il m'enivre ;
    » Je suis heureuse ; c'est assez. »

Crois à la vérité sans chercher la science ;
La foi, c'est le rayon que jette l'espérance ;
    Celui-là ne fait point mourir.
La science, au contraire, est la foudre qui tue ;
On la touche, elle embrase, et par elle abattue,
    L'âme a perdu son avenir.

Bénis ton ignorance, elle sauve ta vie.
Un jour tu sauras tout, car la mort t'initie
    Aux secrets de l'éternité.
Jusque-là dans ton cœur redoute, espère, adore !
Homme, pour le soleil ne hâte point l'aurore,
    Le doute pour la vérité.

ERNESTE DECALONNE.

PSYCHÉ.

QUEL sentier, unissant les sphères l'une à l'autre ,
Jusqu'au monde idéal mène au sortir du nôtre ?
Quel vent souffle sur nous pour aider notre essor
Sur les degrés divers de cette échelle d'or ?
Comment, sans se confondre atteignant jusqu'au maître,
Se touchent les anneaux de la chaîne de l'être ?
Je ne sais ! Qui dira comment l'être est éclos,
Comment du sein du vide a germé le chaos ?

Qui sais d'où tu venais, quand la jeune nature,
Déployant sous tes pieds sa robe de verdure,
Amena ses enfants , rangés autour de toi,
Te saluer en chœur comme on salue un roi ?
Loin de ce Dieu qui t'aime et qui te frappe encore ,
Que fais-tu sur la terre , ô Psyché !... (*) Je l'ignore.

Mais j'en crois le concert des peuples et des temps ,
Par qui Dieu se révèle en signes éclatants;
J'en crois aussi la voix de ce juge suprême
Qui parle, irrésistible, au-dedans de moi-même ;
Et ma raison d'accord avec l'humanité
M'est un garant certain de toute vérité.
Il est dans l'avenir des régions meilleures.
Où l'amour à Psyché prépare des demeures :
Pour monter jusqu'à lui ce Dieu nous tend la main ;
Un asile de paix attend le genre humain.

(*) L'histoire de Psyché , c'est l'histoire de l'âme.

LAMARTINE.

Oui, malgré nos douleurs, nos ténèbres, nos crimes,
Malgré la pesanteur des passions infimes,
Et les temples détruits, et le mal triomphant,
Et l'ironie allant du vieillard à l'enfant,
Et la haine de fiel inondant les poitrines,
Et le monde ébranlé par le vent des doctrines,
Et le Sphynx, maître encor du secret redouté,
Du mot de l'univers je n'ai jamais douté.

Les âmes et les eaux prennent diverses routes,
Mais au même Océan elles arrivent toutes;
Leur cours est lent parfois, mais il ne s'en perd rien;
En traversant le mal, nous marchons tous au bien.
Le bien de toute chose est la source et le terme,
Chaque homme du bonheur en soi porte le germe.
Oui, l'éternel principe à qui tout fait retour.
La cause de la vie et sa fin, c'est l'amour!

Repose-toi, Psyché; le Dieu que tu supplies
A compté le trésor des œuvres accomplies,
C'est à lui de descendre et de te consoler,
Le désir t'a conduit jusqu'où tu peux voler.

VICTOR LAPRADE.

×○►○◄×○◄

L'AME.

LORSQUE tout semble mort sur la terre, et repose,
Excepté l'Océan, au flot large et profond,
Qui jamais ne s'endort comme les hommes font;
Quand, cette fleur des nuits, l'étoile brille éclose;

Quand la page des cieux, qui dans le jour est close,
Page incommensurable où l'esprit se confond,

Royaume à mes regards dans l'abîme sans fond,
Je suis épouvanté d'être si peu de chose !

L'homme se croit de tout le centre et le milieu :
L'homme est petit ! mais l'âme est grande comme Dieu,
Comme cet horison qui toujours recommence !

L'homme, c'est une vague au sein du gouffre amer !
Mais qu'importe ?... le ciel peut resplendir immense
Dans une goutte d'eau comme dans une mer !

JULES LACROIX.

><><><><><

LA PENSÉE HUMAINE

Tout passe ! tout s'éteint : les conquérants périssent ;
Sur le front des héros les lauriers se flétrissent ;
Des antiques cités les débris sont épars ;
Sur des remparts détruits s'élèvent des remparts ;
L'un par l'autre abattus, les empires s'écroulent ;
Les peuples entraînés, tels que des flots qui roulent,
Disparaissent du monde ; et les peuples nouveaux
Iront presser les rangs dans l'ombre des tombeaux ;
Mais la pensée humaine est l'âme tout entière :
La mort ne détruit point ce qui n'est point matière ;
Le pouvoir absolu s'efforcerait en vain
D'anéantir l'écrit né d'un souffle divin :
Du front de Jupiter c'est Minerve élancée.
Survivant au pouvoir, l'immortelle pensée,
Reine de tous les lieux et de tous les instants,
Traverse l'avenir sur les ailes du temps,
Brisant des potentats la couronne éphémère,

Trois mille ans ont passé sur la cendre d'Homère ;
Et, depuis trois mille ans, Homère respecté
Est jeune encor de gloire et d'immortalité.

M. Joseph Chénier.

><><><><

LES CINQ SENS.

Regarde, mon enfant, ma frêle paquerette,
La nuit qui luit, chante, embaume, te jette
Rayons, fleurs, rossignols, et n'est qu'enchantement ;
 C'est qu'elle est joyeuse, je gage,
 D'avoir en toi fait un ouvrage
 Si délicat et si charmant.

La lumière le dit : « Je suis le jour splendide ;
Dieu me fit pour tes yeux ; je suis l'aube timide
Qui te ressemble : en nous rien ne peut éblouir,
 Car nous sommes deux étincelles ;
 Mais à nous voir déjà si belles,
 On sent que le jour va venir.

» Oui, mon ange, je suis cette aurore vermeille
Qui frappe à tes rideaux, et te dit : « Qu'on s'éveille ! »
Je suis ce beau soleil qui brille triomphant ;
 Je suis les étoiles, la lune,
 Qui te disent quand vient la brune :
 « Il faut dormir, petit enfant. «

L'oiseau dit : « Moi, je suis la chanson, la fauvette,
Pour ton oreille, Dieu fit ma voix pure et nette.
Moi, je suis l'alouette, à l'aurore on m'entend :
 Pour que les jours que Dieu t'envoie

Te semblent venir pleins de joie ,
Je te les annonce en chantant.

» Je suis le blond serin qui parle son ramage ;
La lyre des foyers , et l'hôte de la cage.
Les maisons m'ont toujours dans quelques petits coins ,
    Afin que l'homme en sa demeure ,
    Où souvent , hélas ! sa voix pleure ,
    Ait une voix qui chante au moins. »

La fleur te dit : « Je suis le parfum , viens , respire ,
Dieu, pour ton odorat, m'emplit d'ambre et de myrrhe.
Je suis la giroflée au bâton d'or ; l'œillet
    Qui se panache et se satine ;
    Le muguet , perle blanche et fine ,
    Qu'on trouve en mai dans la forêt.

» Dieu , comme vous, enfants , me fit riante et belle :
Il me fit ma corolle en velours , en dentelle ;
Il vous fit des teints frais , des contours ravissants :
    Et puis, les deux œuvres écloses ,
    Il donna le parfum aux roses ,
    Il donna la grâce aux enfants

» Retiens long-temps mon charme et mon humeur frivole,
Faisons notre bonheur d'un papillon qui vole.
Mais surtout, bel enfant, qui descends du ciel bleu ,
    Gardons, toi, dans ton âme aimante,
    Moi, dans ma corolle odorante ,
    Un peu d'encens pour le bon Dieu. »

Et le vent du printemps dit : « Je suis la caresse ;
Dieu m'a fait pour ton front. Je touche avec molesse
Ton visage et les lis, et j'aime à m'y poser.

Sur ta peau de satin, plus fraîche
Que l'églantine, que la pêche,
Je glisse aussi doux qu'un baiser. »

Le fruit te dit : « Je suis le goût, je suis l'orange ;
Dieu m'a fait pour ta bouche Il pense à tout, mon ange ;
Pour vous, ô nouveaux nés, il met, bien des grands mois,
Du lait dans le sein de la mère ;
Et pour l'enfant qui court sur terre,
Il met des fraises dans les bois. »

Tout cela, c'est la vie, enfant, qui vient de naître,
Ce n'est pas le bonheur. Si tu veux le connaître,
Ton père et moi, tous deux baisant ta joue en fleur,
Nous te dirons : « O ma charmante,
Nous sommes l'amitié constante,
Et Dieu nous a faits pour ton cœur. »

Mme ANAÏS SÉGALAS.

>><><><><

LES FACULTÉS DE L'HOMME.

L'HOMME n'est qu'un roseau, nous dit, dans sa colère,
Un sublime rêveur, pieux atrabilaire ;
L'homme n'est qu'un roseau, mais un roseau pensant.
Qu'est-ce donc que penser ? Sentir ?—La brute sent.
Retenir ? — elle apprend. — Juger ? elle combine ;
Au gré de ses amis elle se détermine.
Dans un cercle tracé par d'immuables lois,
Soumise à la nature, elle écoute sa voix.
Par cette voix, dit-on, les brutes sont guidées ;
Elles n'ont que l'instinct, et l'homme a des idées.

Je le veux ; mais enfin de qui le tenez-vous ?
De vos sens ? mais la brute a des sens comme nous !

Tout dans les animaux atteste la mémoire :
Sensibles à l'amour, ils le sont à la gloire.
L'homme s'enorgneillit de nobles sentiments,
Dont l'exemple chez eux le frappe à tous moments :
Le castor est prudent ; l'abeille est prévoyante ;
Le coursier reconnaît une main caressante ;
Le chien suit vers la tombe un maître infortuné,
Par des enfants ingrats peut-être abandonné !
Et l'homme, raisonnant sur les œuvres divines,
Dans ces êtres vivants voudrait voir des machines,
Se mouvant par ressorts ; libres sans volonté,
Ayant des sens et non la sensibilité !
Non, Descartes, en vain tu sontiens cette cause ;
Ton vaste esprit s'égare, et ton nom nous impose :
Mais, même en t'égarant, tu fis ce que jamais
La brute ne peut faire au sein de ses forêts.

Au dessus de la terre élever son génie ;
Des mondes radieux comprendre l'harmonie ;
Conquérir la nature ; avec de faibles yeux,
Observer un insecte et mesurer les cieux.
Redescendre en soi-même ; interroger son être,
Se sentir tourmenté du besoin de connaître :
Gardien du trésor par le temps amassé,
Transmettre à l'avenir les leçons du passé ;
Se former des vertus une image chérie ;
Connaître des devoirs, des lois, une patrie ;
Sonder de ses regards l'espace illimité
De la source des temps jusqu'à l'éternité.

Et , toujours s'élevant de problème en problême,
Arriver jusqu'aux pieds du Créateur suprême :
Voilà l'être animé par le souffle divin ,
La puissance de l'homme et son noble destin.

DARU.

><><><><

L'AMIE PERDUE.

Nous étions deux enfants à passer notre enfance ,
Mais elle si charmante et plus jeune que moi ,
Nous vivions d'une égale et mutuelle foi ,
Et cette sœur aimable avait nom l'*Innocence.*

Nous aurions tous les deux pleuré pour une absence.
Mais voilà qu'un matin l'orgueil me prend : « Et toi,
» N'es-tu pas homme enfin ? » Il dit , et je le croi ?
Je me mêle à la foule, et l'air impur m'offense ,

Ma jeune amie en pleurs s'enfuit à cet affront,
Cachant dans ses deux mains la rougeur de son front ;
Je la perdis alors dans la forêt profonde.

O douce bien-aimée ! où donc à-t-elle fui ?
Dites, quel chaste Éden me la cache aujourd'hui ?
Que je la cherche encor, fut-elle au bout du monde ?

SAINTE-BEUVE.

><><><><

LA VIE.

QUAND on est plein de jours , gaîment on les prodigue ;
Leur flot bruyant s'épanche au hasard et sans digue,
C'est une source vide et faite pour courir,
Et qu'aucune chaleur ne doit jamais tarir.

Pourtant la chaleur vient, et l'eau coule plus rare ;
La source baisse, alors le prodigue est avare ;
Incliné vers ses jours comme vers un miroir,
Dans leur onde limpide il cherche à se revoir ;
Mais en tombant déjà les feuilles l'ont voilée,
Et l'œil n'y peut saisir qu'une image troublée.

BRISEUX.

POURQUOI ?

SI la mort est le but, pourquoi donc sur les routes
Est-il dans les buissons de si charmantes fleurs ?
Et, lorsqu'au vent d'automne elles s'envolent toutes,
Pourquoi les voir partir d'un œil mouillé de pleurs ?

Si la vie est le but, pourquoi donc sur les routes
Tant de pierres dans l'herbe et d'épines aux fleurs,
Que, pendant le voyage, hélas ! nous devons toutes
Tacher de notre sang et mouiller de nos pleurs ?

LOUISE BERTIN.

LES DEUX ROUTES.

IL est deux routes dans la vie :
L'une solitaire et fleurie
Qui descend sa pente chérie
Sans se plaindre et sans soupirer.
Le passant la remarque à peine,
Comme le ruisseau de la plaine,
Que le sable de la fontaine
Ne fait pas même murmurer.
L'autre, comme un torrent sans digue,

Dans une éternelle fatigue,
Sous les pieds de l'enfant prodigue
Roule la pierre d'Ixion :
L'une est bornée, et l'autre immense,
L'une meurt où l'autre commence ;
La première est la patience,
La seconde est l'ambition.

ALFRED DE MUSSET.

DEMAIN.

CHAQUE flot, tour à tour, soit qu'il sommeille ou gronde,
Emporte mon esquif où le conduit le sort ;
Et, passager sans nom sur l'océan du monde,
Je m'éloigne incertain de l'écueil ou du port.
J'ai vu s'enfuir le but de qui pensait l'atteindre ;
J'ai vu ce qu'au sourire il succède de pleurs ;
Combien de purs flambeaux un souffle peut éteindre ;
Ce qu'un baiser du vent peut moissonner de fleurs.
Et j'ai dit : S'il s'éloigne, oublions le nuage ;
Qu'importe le matin notre destin du soir ?
De la tombe au berceau charmons le court passage :
Un moment de bonheur vaut un siècle d'espoir.
Pour chanter, pour aimer, pourquoi toujours attendre ?
Jamais a-t-on vécu deux fois le même jour ?
Et le flot du passé jamais sut-il nous rendre
Un seul de nos moments emportés sans retour ?
Un songe d'avenir trouble la jouissance ;
Ah ! laissons un bandeau pour parure au destin ;
Que le malheureux seul existe d'espérance,
S'endorme sur sa chaîne, et se dise : A demain.

ÉLISE MERCOEUR.

UN JOUR.

Qui n'eut parmi ses jours, déjà bien loin peut-être,
Un jour plus beau qu'eux tous, qui ne doit plus renaître,
Mais qui survit dans l'âme et dont le souvenir,
Délices du passé, charme aussi l'avenir;
Jour d'innocente joie et pur de tout nuage,
Dont une amitié douce a marqué le passage;
Où quelque aveu naïf et long-temps suspendu
D'une bouche adorée enfin fut entendu;
Où d'un premier transport, qu'il n'eût point fallu croire,
Tout le cœur tressaillit et devina la gloire? —
Ah! quand d'un bras de fer le sort pèse sur nous,
Que de ce jour aimé le souvenir est doux!
Qu'il est doux d'éveiller, au fond de sa pensée,
Son image assoupie et jamais effacée!
Avec un soin jaloux d'en rassembler les traits,
Lentement, à loisir, non sans quelques regrets,
Comme, après un sommeil dont l'erreur se prolonge,
On aime à suivre encor les prestiges d'un songe.

BRIZEUX.

LES COLOMBES.

Sur le coteau, là-bas où sont les tombes,
Un beau palmier, comme un panache vert,
Dresse sa tête, où le soir les colombes
Viennent nicher et se mettre à couvert.

Mais le matin elles quittent les branches;
Comme un collier qui s'égrène, on les voit
S'éparpiller dans l'air bleu, toutes blanches,
Et se poser plus loin sur quelque toit.

Mon âme est l'arbre où, tous les soirs, comme elles,
De blancs essaims de folles visions
Tombent des cieux, en palpitant des ailes,
Pour s'envoler dès les premiers rayons.

THÉOPHILE GAUTIER.

>○-○‹>○‹

L'ORIGINE ET LA FIN.

O vous que l'on dirait deux roses
Sur une même tige écloses,
Par un beau soleil de printemps ;
Vous que l'on prendrait pour deux anges
Tombés des célestes phalanges
Parmi nous pour quelques instants !

Petit garçon ! petite fille !
Aimables jumeaux dont l'œil brille
D'un éclat si pur et si doux !
Tendres colombes dont les ailes
Pour voler sont encor si frêles,
Oh ! dites-moi, d'où venez-vous ?

Vous descendez sans doute
De cette belle voûte,
Palais d'azur et d'or,
D'où, la nuit, quand tout dort,
Les chérubins, vos frères,
Sur leurs ailes légères,
S'en viennent en ces lieux
Recueillir nos prières
Pour les porter aux cieux.

Vous venez à cette heure
De la sainte demeure
Dont les jardins fleuris,
Qu'on nomme paradis,
Ont des fleurs immortelles
Qui bercent dans leur sein
Les anges fleurs comme elles,
Parures éternelles
De l'éternel Éden.

Vous venez d'où le maître,
Qui tous deux vous fit naître,
Nous jette tour à tour
Sur ce globe d'un jour.
Vous venez d'où vos pères
Sont venus; — d'où vos frères
Comme vous viendront tous.
Voyageurs éphémères,
Mais où donc allez-vous?...

Vous allez où tout va sans cesse,
Où vont l'enfance et la vieillesse,
Et nos jours et nos lendemains;
Vous allez où vont nos années,
Où, fleurs tôt ou tard moissonnées,
Nous allons tous, pauvres humains!

Enfants, vous allez à la tombe,
Ce gouffre où tout s'abîme et tombe,
Esprit, talents, gloire et beauté :
Cet asile où notre existence
Aux doux rayons de l'espérance
Mûrit pour l'immortalité.

A la tombe, cet autre monde,
Où l'homme, poussière féconde,
Pour remonter un jour aux cieux,
Renaît, comme l'oiseau mystique,
Qui, de son bûcher symbolique,
S'élance, vainqueur radieux !

Car la tombe enfante la vie ;
C'est le seuil d'une autre patrie,
L'aurore d'un jour sans déclin ;
C'est la couche où l'homme sommeille.
Jusqu'à l'heure où Dieu le réveille
Pour jouir d'un bonheur sans fin.

WAINS DES FONTAINES.

LES DEUX PARTS DE LA VIE.

L'HISTOIRE et le roman font deux parts de la vie,
    Qui sitôt se ternit !
Le roman la commence, et, lorsqu'elle est flétrie,
    L'histoire la finit.

LE BERCEAU ET LA TOMBE.

LE berceau de l'enfant a le rideau de gaze,
Le doux balancement du genou maternel,
Et les songes légers, et la première extase
Qui rayonne aux fronts purs comme un astre éternel.

La tombe a le gazon qui la couvre et la presse.

Elle a le saule vert qui penche ses rameaux,
Elle a le rosier blanc qu'une abeille caresse,
Et la prière tendre et le chant des oiseaux,

Tous les deux font rêver même l'indifférence ;
A l'amour du penseur ils ont partout des droits,
Ils sont pleins de sommeil, de paix et d'espérance ;
Sur l'un veille une mère, et sur l'autre une croix.

Ils parlent tous les deux d'une aurore vermeille,
L'un à l'enfant naissant, et l'autre à l'homme mort.
Le berceau donne un monde à l'enfant qui s'éveille,
La tombe donne un ciel au juste qui s'endort.

HIPPOLYTE VIOLEAU.

><><><><

LES CINQ ACTES DE LA FOI.

LE drame de la vie, hélas, est peu de chose ;
Au drame de la scène on peut le comparer :
Jusques au dénouement jamais on n'y repose ;
Bien ou mal, pauvre ou riche, on doit y figurer.

Au premier acte on naît ; avec peine on s'avance
A travers mille écueils vers un but ignoré.
Au second, on s'éclaire, on pressent l'existence ;
A de vagues désirs on est déjà livré.

Au troisième, emporté par une aveugle ivresse,
Par le monde, l'amour, les renaissants plaisirs,
On ose, on brave tout, on s'égare sans cesse,
On s'apprête souvent d'éternels repentirs.

Au quatrième, las de vaines jouissances,

Le cœur d'autres besoins, d'autres feux se remplit ;
L'orgueil, l'ambition, leurs transports, leurs souffrances,
Viennent tout remplacer... Cependant on vieillit.
Au cinquième arrivé, le corps, l'esprit s'affaisse,
Chaque jour, chaque instant voit briser un lien ;
On pense, on parle encor... mais la toile se baisse,
Le spectacle finit, et l'homme n'est plus rien.

LA PRINCESSE DE SALM.

LA POLITIQUE.

PRÈS du fier Charles-Quint, pensif en son fauteuil,
La Politique est là, ministre de l'Orgueil,
Sibylle au triple front, vieille comme la terre :
Tantôt aigle ou colombe ou lion ou vipère.
Tantôt femme, et parant sa trompeuse beauté
Du luxe de l'Église et de la royauté.
Elle se repaît d'or, boit le sàng et les larmes ;
Lois, bulles, fers, poison, tour à tour sont ses armes :
Mille brillants hochets éclatent dans ses mains,
Magiques talismans pour charmer les humains :
Terrible ou caressante, en sa noirceur profonde,
Cette fée infernale est la reine du monde.

NÉPOMUCÈNE LEMERCIER.

LA PATRIE.

QUI l'a mis en nos cœurs, amour de la patrie ?
Qui nous attache aux lieux où l'âme fut nourrie
D'exemples paternels, et de sages leçons ?

Notre œil est-il épris des bords où nous naissons ?
Non ! tout homme a souvent trouvé dans ses voyages
De plus riants aspects , de plus frais paysages ,
Des bois plus imposants , de plus riches coteaux ,
Qu'un fleuve aux cent détours réfléchit dans ses eaux.
Oui ! mais ce n'est point là qu'entre les bras d'un père
Il sentit la douceur des baisers de sa mère ;
Oui , mais ce n'est point là que , variant ses jeux ,
Il essaya la vie en admirant les cieux !

O charme tout-puissant des jours de la jeunesse !
Qu'alors le monde est beau ! Quel espoir ! quelle ivresse,
Vains rêves d'un moment qu'un souffle détruira !
Leur souvenir au moins dans mon âme vivra ,
Et , revoyant les cieux qu'ont embelli ces songes ,
Comme il ressaisira leurs gracieux mensonges !
Comme il aime ces murs qui cachaient son berceau
Et que de ses aïeux protégent le tombeau !

Ce génie étonnant , tourmenté de lui-même ,
Qui de Londres brava l'insolent anathème ,
Byron , l'aigle du Nord , loin d'Ecosse emporté ,
Poëte de douleurs et de la liberté ,
S'exile du pays de sa froide compagne ,
Il chante , en vers brûlants comme le ciel d'Espagne ,
La vierge , aux yeux de feux , du pays andaloux ,
Rit des pâles beautés dont l'Anglais est jaloux...
Mais écoutez ! il pleure , il rêve sa patrie ,
Il célèbre Newstead , imposante abbaye ,
Où ses aïeux sont morts , où , malgré les hivers ,
Il portait sur les monts ses ennuis et ses vers.
Quel sujet l'inspirait près de Genève , en France ,
Sur les débris de Rome , aux palais de Florence ,

Dans la Grèce, pays si touchant et si beau,
Où près de Botzaris il conquit un tombeau,
Quand la mort arrêta sa jeunesse flétrie ?
L'Ecosse ! Adda ! toujours sa fille et sa patrie !

GUSTAVE DROUINEAU.

LE POÈTE.

Tu connais à quel prix la gloire enfin s'achète,
Toi, que le sort appelle aux honneurs du poète ;
En pressant le laurier de tes pleurs arrosé,
Tu te repens de vaincre et d'avoir trop osé.
Ton âme, de regrets, de terreurs poursuivie,
Remonte en souvenir la pente de ta vie.
Tu reviens aux beaux jours où l'immense avenir
Rayonnait à tes yeux ; où, sans le définir,
Tu croyais au bonheur : âge où tout prospère,
Où l'esprit à la fois jouit, désire, espère.
Rêvant, tu t'égarais sous la voûte des bois ;
Aux concerts des oiseaux tu mariais ta voix ;
Tu cadençais des vers : naïf et doux langage,
Il plaisait à ton cœur, c'était là ton suffrage.
Beaux jours où le poète est son propre enchanteur :
Libre de soins, d'orgueil, sans jaloux, sans flatteur.
Dans le désert qu'il peuple il voit tout ce qu'il aime ;
Le poète isolé porte un monde en lui-même.
Ah ! dès qu'il sait jouir a-t-il besoin d'encens ?
Lorsque le rossignol module ses accents,
Songe-t-il, en charmant sa compagne chérie,
Que son hymne d'amour enchante la prairie ?
    Loin du monde qu'un songe en riant vint t'offrir.

Tu ne soupçonnais pas tout ce qu'il faut souffrir.
Pour jeter dans son gouffre un nom qui nous renvoie
Avec un peu de bruit à peine un peu de joie.
Hélas ! un jour heureux n'a point de lendemain ;
Mais, puisque devant toi s'ouvre un noble chemin,
Quel qu'en soit le péril, il faut toucher le terme :
Au-devant du succès marche donc d'un pas ferme :
Vois ces chênes, géants balancés dans les airs,
Ils n'ont grandi qu'en butte aux chocs de cent hivers,
Ils couvrent aujourd'hui de leur superbe voûte
Les buissons envieux qui leur fermaient la route.
Acquis dans les tourments, le triomphe est plus beau ;
L'art au feu de la foudre allume son flambeau ;
L'art lui-même est un culte, il a son fanatisme :
Sous les coups du martyre, en son fier héroïsme,
Chacun de ses élus noblement se débat :
Il doit vaincre et souffrir, sa vie est un combat.
Et puis dans le bonheur l'âme nage amollie,
Et, jouissant en soi, sur elle se replie ;
Mais elle se retrempe au milieu des douleurs,
Et ses fruits les plus beaux ont mûri dans les pleurs.
Du génie opprimé la splendeur se révèle ;
En traversant l'orage il affermit son aile.
L'obstacle, les tourments, ne peuvent l'arrêter ;
Sa nature sublime est de toujours monter.
Qu'importe l'ennemi qui le pressait naguère ?
Entend-il de si haut les clameurs du vulgaire ?
A la voûte éternelle il plane audacieux,
Mais il s'épure encore en s'approchant des cieux,
Comme un flambeau divin il doit briller sans tache,
Et nulle ombre un moment, nul voile ne le cache.
Oui, d'un pur sacerdoce un Dieu l'a revêtu ;

Le favori des arts, son culte est la vertu.
Aux pieds du crime heureux, qu'un menteur déifie,
Sa courageuse main jamais ne sacrifie.
Aux piéges des honneurs il ne s'est pas livré;
Il fait ce qu'il croit juste, il dit ce qu'il croit vrai;
Il le dit aux tyrans, à la foule crédule;
Devant aucun péril sa fierté ne recule.
Rien à sa probité n'arrache un mot trompeur;
Près de lui quand tout tremble, il ignore la peur.
Il joue avec la mort. Au monde, où tout s'efface,
Il sait que pour jamais il a marqué sa trace;
Et, vivant dans son œuvre, indestructible airain,
Des siècles à venir se sent contemporain.

De Pongerville.

×○►○◄○×

UN SOUVENIR A L'HOPITAL.

Sur ce grabat chaud de mon agonie,
Pour la pitié je trouve encor des pleurs;
Car un parfum de gloire et de génie
Est répandu dans ce lieu de douleurs :
C'est là qu'il vint, veuf de ses espérances,
Chanter encor, puis prier et mourir :
Et je répète en comptant mes souffrances :
Pauvre Gilbert, que tu devais souffrir!

Ils me disaient : Fils des Muses, courage !
Nous veillerons sur ta lyre et ton sort;
Ils le disaient hier, et, dans l'orage,
La pitié seule aujourd'hui m'ouvre un port.
Tremblez, méchants ! mon dernier vers s'allume,

Et, si je meurs, il vit pour vous flétrir !...
Hélas ! mes doigts laissent tomber ma plume :
Pauvre Gilbert, que tu devais souffrir !

Si seulement une voix consolante
Me répondait quand j'ai long-temps gémi ;
Si je pouvais sentir ma main tremblante
Se réchauffer dans la main d'un ami !
Mais que d'amis, sourds à ma voix plaintive,
A leurs banquets ce soir vont accourir,
Sans remarquer l'absence d'un convive !...
Pauvre Gilbert, que tu devais souffrir !

J'ai bien maudit le jour qui m'a vu naître ;
Mais la nature est brillante d'attraits,
Mais chaque soir le vent à ma fenêtre
Vient secouer un parfum de forêts.
Marcher à deux sur les fleurs et la mousse,
Au fond des bois rêver, s'asseoir, courir,
Oh ! quel bonheur ! Oh ! que la vie est douce !...
Pauvre Gilbert, que tu devais souffrir.

HÉGÉSIPPE MOREAU.

>o<~>o<

CONSOLATION.

APRÈS un soir passé tout entier dans le monde,
Quand votre âme n'a rien trouvé qui lui réponde,
Quand vous vous sentez las et triste d'un vain bruit,
Oh ! dites, qu'il est doux de revenir la nuit
Dans là ville déserte, et, seul avec soi-même,
De reprendre le cours des rêves que l'on aime !
Votre chambre paisible est là qui vous attend ;

On la quitte à regret, on y rentre content
De revoir le foyer qui semble nous sourire
Et le livre choisi que l'on commence à lire.

Alors, si votre cœur est encore agité,
Reprenez le volume où vous l'avez quitté :
Car un livre, voyez, c'est la meilleure chose,
C'est ce qui nous console et ce qui nous repose.
Un livre, c'est l'ami dont nous pouvons toujours
Réclamer les conseils, attendre le secours.
Il est prêt à toute heure, il nous parle à tout âge ;
Au cœur comme à l'esprit il offre son langage.
Le livre du savant revient nous éclairer ;
Le livre du poète avec nous va pleurer,
Oh! quand nous nous trouvons dans ces jours de souffrance
Où le cœur se resserre et gémit en silence,
Où notre œil, de tristesse et de larmes voilé,
Cherche en vain dans la nuit son beau ciel étoilé,
Où l'amour semble avoir perdu tout son prestige,
Où les fleurs devant nous se fanent sur leur tige ;
Quand trompé par l'espoir, froissé par le destin,
Nous suivons lentement un sentier incertain ;
Quand personne n'est là pour nous offrir son aide,
Il est encor pourtant, il est un doux remède :
C'est de rentrer sans fiel, sans mauvais souvenir.
Dans le cercle où l'on veut borner son avenir,
C'est de redemander à notre solitude
Les trésors du passé, les charmes de l'étude.

A. MARMIER.

L'ENSEIGNEMENT MUTUEL.

QUEL attrayant tableau vient s'offrir à mes yeux !
Que veulent ces enfants ? quel art ingénieux ,
Sans tumulte, sans bruit, tout-à-coup les rassemble ,
Les fait penser, s'instruire et se mouvoir ensemble?
Par quels nombreux ressorts, par quels moyens secrets,
Sut-on doubler ainsi leurs rapides progrès ?
Qui put vaincre, en leurs cœurs, la paresse indolente ?
Quel mentor comprima leur fougue turbulente ?
Jamais l'Oisiveté près d'eux ne vint s'asseoir :
Un noble guide, un seul , au sentier du savoir ,
Conduit, en souriant, cette douce jeunesse,
Sans châtiments, sans cris, sans morgue, sans rudesse.
L'un par l'autre, il instruit mille jeunes rivaux ;
Leurs travaux sont des jeux, leurs jeux sont des travaux.
Chacun d'eux a pour maître un enfant de son âge,
Qui parle à sa raison dans son propre langage ,
Qui savait obéir et qui sait commander.
Qui les corrige enfin sans les intimider.
Le rang de moniteur semble tous les séduire;
On s'émeut, on s'excite, on s'instruit pour s'intruire !..
Belle France , souris et d'orgueil et d'amour!
Jadis, dans Albion, si Jenner (1) vit le jour,
Jadis si ce mortel , le bienfaiteur du monde.
Triompha par son art , de cette lèpre immonde
Qui chassait de nos corps la force et la beauté ;
France, un de tes enfants , Herbault (2) a mérité

---

(1) Ecossais à qui l'on doit la découverte de la vaccine.

(1) Inventeur de la méthode de l'enseignement mutuel , vers le milieu du XVIIIe siècle.

D'unir son nom au sien, que l'univers proclame,
L'ignorance bientôt, cette lèpre de l'âme,
Aura loin de nos bords, grâce à lui, disparu,
Comme le monstre impur que Jenner a vaincu.

X. SAINTINE.

>⚬>⚬<⚬<

A MON CHEVET.

O MON cher conseiller, mon ami le plus sûr,
Laisse-moi, mon chevet, lorsque minuit s'avance,
Quand de l'obscurité s'étend le voile immense,
Lorsque Morphée en main tient son pavot obscur,
Sur ton heureux duvet, doux comme l'innocence,
  Reposer ma tête en silence,
  Avec un cœur tranquille et pur?
Suis-moi pendant le jour comme un censeur austère,
  Comme une oreille qui m'entend,
Comme un œil qui me voit; répète-moi souvent:
» Jamais à la vertu ne fais rien de contraire,
» Vis sans avoir besoin des ombres du mystère;
  » Cette nuit ton chevet t'attend. »

Que ce mot : Ton chevet, t'épouvante et t'éclaire.
Et si, dans quelque cas à l'honneur important,
Entre plusieurs partis tu balançais flottant,
Dis-toi sans te troubler : Je vais sortir de doute;
Pour décider mes pas, pour diriger ma route,
Mon conseil est tout prêt, et mon chevet m'attend.
C'est là que, dans les nuits, ce muet Rhadamante
Parle à chacun de nous Ou monarque ou berger,
C'est là qu'il est tout prêt à nous interroger.

L or, la gloire, le rang, rien ne nous en exempte,
Jaloux inquisiteur, il aime à tout savoir.
Malgré nous, dans le jour, il est sur nos vestiges.
Il opère en secret quelquefois des prodiges,
Des changements subits qu'on ne peut concevoir.
      Les songes riants et paisibles,
      Les songes vengeurs et terribles,
L'environnent sans cesse, et sont en son pouvoir.
Son équité nous plaît, sa rigueur a des charmes ;
Il applaudit le fort ; le faible, il l'affermit.
Que de fois il calma la vertu qui gémit !
Le pauvre, il le console, il l'endort, dans ses larmes ;
Il soutient l'innocent ; il laisse à ses alarmes
      Le méchant qui veille et frémit :
Mais sur son duvet fin, moelleux, sûr et tranquille,
Pour nu cœur attentif, à ses avis docile,
      Oh ! qu'il est doux de s'assoupir !
Exauce, ô mon chevet, mon plus ardent désir !
Enfin quand je dirai : Pour moi le port s'approche,
Quand pour moi sur mon lit s'ouvrira l'avenir,
Que je puisse sur toi, sans peur et sans reproche,
Au bruit consolateur de cette heureuse cloche,
      Rendre à Dieu mon dernier soupir.

DUCIS.

><><><><

LE MEUNIER SANS SOUCI.

L'HOMME est, dans ses écarts, un étrange problème.
Qui de nous, en tout temps, est fidèle à soi-même?
Le commun caractère est de n'en point avoir :

Le matin incrédule , on est dévot le soir.
Tel s'élève et s'abaisse, au gré de l'atmosphère ,
Le liquide métal enfermé sous un verre.
L'homme est bien variable !... et ces malheureux rois ,
Dont on dit tant de mal , ont du bon quelquefois.
J'en conviendrai sans peine , et ferai mieux encore ,
J'en citerai pour preuve un trait qui les honore :
Il est de ce héros, de Frédéric second :
Qui, tout roi qu'il était , fut un penseur profond ,
Redouté de l'Autriche , envié dans Versailles ,
Cultivant les beaux arts au sortir des batailles,
D'un royaume nouveau la gloire et le soutien ,
Grand roi, bon philosophe , et fort mauvais chrétien.

Il voulait se construire un agréable asile ,
Où, loin d'une étiquette arrogante et futile.
Il put , non végéter , boire et courir les cerfs ,
Mais des faibles humains méditer les travers ,
Et, mêlant la sagesse à la plaisanterie ,
Souper avec d'Argens, Voltaire et La Mettrie.

Sur le riant coteau par le prince choisi
S'élevait le moulin du meunier Sans-Souci.
Le vendeur de farine avait pour habitude
D'y vivre au jour le jour, exempt d'inquiétude :
Et, de quelque côté que vînt souffler le vent,
Il y tournait son aile et s'endormait content.

Fort bien achalandé, grâce à son caractère,
Le moulin prit le nom de son propriétaire ;
Et des hameaux voisins, les filles , les garçons,
Allaient à Sans-Souci pour danser aux chanchons.
Sans-Souci !... ce doux nom d'un favorable augure ,

Devait plaire aux amis des dogmes d'Epicure.
Frédéric le trouva conforme à ses projets,
    du nom d'un moulin honora son palais.

Hélas ! est-ce une loi, sur notre pauvre terre,
Que toujours deux voisins auront entre eux la guerre?
Que la soif d'envahir et d'étendre ses droits
Tourmentera toujours les meuniers et les rois ?
En cette occasion le roi fut le moins sage :
Il lorgna du voisim le modeste héritage.

On avait fait des plans, fort beaux sur le papier,
Où le chétif enclos se perdait tout entier.
Il fallait, sans cela, renoncer à la vue,
Rétrécir la façade et courber l'avenue.

Des bâtiments royaux l'ordinaire intendant
Fit venir le meunier; et d'un ton important :
« Il nous faut ton moulin ; que veux-tu qu'on t'en donne.
— Rien du tout ; car j'entends ne le vendre à personne ?
« Il vous faut » est fort bon... mon moulin est à moi,
Tout aussi bien au moins que la Prusse est au roi.
—Allons, ton dernier mot, bonhomme, et prends-y garde
—Faut-il vous parler clair?—Oui.—C'est que je le garde.
Voilà mon dernier mot. » Ce refus effronté
Avec un grand scandale aux prince est raconté.
Il mande auprès de lui le meunier indocile,
Presse, flatte et promet ; ce fut peine inutile,
Sans-Souci s'obstinait : Entendez la raison,
Sire, je ne puis pas vous vendre ma maison.
Mon vieux père y mourut, mon fils y vient de naître,
C'est mon Postdam à moi. Je suis tranchant peut-être :
Ne l'êtes-vous jamais ? Tenez, mille ducats,

Au bout de vos discours , ne me tenteraient pas.
Il faut vous en passer , je l'ai dit , je persiste. »

Les rois malaisément souffrent qu'on leur résiste.
Frédéric un moment par l'humeur emporté :
« Parbleu ! de ton moulin c'est bien être entêté !
Je suis bon de vouloir t'engager à le vendre ;
Sais tu que sans payer , je pourrai bien le prendre ?
Je suis le maitre ! — Vous?.. de prendre mon moulin?
Oui , si nous n'avions pas de juges à Berlin ! »

Le monarque , à ce mot , revint de son caprice.
Charmé que , sous ce règne , on crût à la justice ,
Il rit , et se tournant vers quelques courtisans :
« Ma foi, messieurs, je crois qu'il faut changer nos plans.
Voisin, garde ton bien ; j'aime fort ta réplique, »

Qu'aurait-on fait de mieux dans une république ?
Le plus sûr est pourtant de ne pas s'y fier.
Ce même Frédéric , juste envers un meunier ,
Se permit maintes fois telle autre fantaisie :
Témoin ce certain jour qu'il prit la Silésie;
Qu'à peine sur le trône , avide de lauriers ,
Épris du vain renom qui séduit les guerriers ,
Il mit l'Europe en feu. Ce sont là jeux de prince :
On respecte un moulin , on vole une province.

ANDRIEUX.

><><><><

LES ENFANTS AU BOIS.

Trois enfants , au babil mutin ,
S'en allaient un jour à l'école.
Ou était au printemps , ont était au matin.

Des boutons d'or l'opulente corrolle
    S'épanouissait dans le thym.
    Nos écoliers, à tête folle,
    Couraient, se tenant par la main,
    Riant au papillon qui vole,
    Riant aux arbres du chemin.
— Tout à coup l'un des trois s'arrête :
    Teint lumineux et blonde tête,
    Vrai visage de chérubin !
Un rayon de soleil lui tombait sur la joue.
    — « Autour de nous tout rit et joue :
    « Si nous jouions ! dit le bambin.
» Voyez ! les animaux ne font rien. Pas de classe
» Pour eux ! pas de *pensums*, de férule à genoux !...
    » Prions chaque animal qui passe
    » De venir jouer avec nous ! »
— Sitôt dit sitôt fait. — Les voilà tous en quête,
    Interrogeant les bois touffus,
Suppliant les oiseaux de partager leur fête :
    Mais, — ô surprise ! — chaque bête
    Les accueillit par un refus.
— « Moi je n'ai pas le temps, répondit la fauvette ;
» Je couve, et mes petits ont besoin de chaleur.
» Veuillez me laisser seule, allez jouer plus loin. »
— » Moi je n'ai pas le temps, répondit l'alouette ;
    » Je pars ! Il faut que demain, sur la tour,
    » A Roméo, l'amant de Juliette,
    » J'annonce le lever du jour. »
Un peu déconcertés, et ne comprenant guère
    Ce que voulait dire l'oiseau,
Nos enfants vont plus loin. Ils trouvent un ruisseau,

Une ferme. — Un beau coq poussait son cri de guerre
       En se pavanant près de l'eau.
— Vous, monsieur, votre vie est bien inoccupée ;
» Pour partager nos jeux, quittez votre fumier ! »
— « Saint-Georges ! dit le coq redressant son cimier,
» De quel air ces gens-là parlent aux gens d'épée !
» Rien à faire ! et le guet ? et la police ? et puis
       » Les assauts et les escarmouches ?
» Par le bruit que je fais jugez ce que je puis !
       » Foi de gentilhomme ! je suis
Autre chose, messieurs, qu'un attrapeur de mouches !
— Ce mot fut entendu d'un voisin, un pinson
Qui s'escrimait du bec aux branches d'un buisson.
       Il trouva le terme un peu leste.
— « Sac à papier, fit-il, croyez-vous que je reste
» Les bras croisés ? Je chasse en chantant ma chanson ;
» J'égaie et je nourris mes petits, ma femelle :
» Les mouches sont pour eux, la chanson est pour elle.
       » Vous me traitez d'une étrange façon ! »
Confus de la réponse et de la répartie,
Et voyant ses projets échoués en partie,
Le trio s'éloigna côtoyant le ruisseau...
Les fourmis rassemblaient des pailles en faisceau ;
       Des essaims bourdonnants d'abeilles
Allaient pomper le miel au sein des fleurs merveilles.
La fraise du sentier se hâtait de mûrir,
Et le blé de pousser, et le flot de courir...
Du travail à leurs yeux tout retraçait l'image.
Mais quoi ! ne pas jouer ! ce serait bien dommage !
Dirent-ils ; — et voilà qu'au levraut, qui passait,
       Ils présentèrent leur placet.

— « Merci de votre politesse,
Dit le quadrupède trottant :
» Mais Dieu , pour m'en servir, m'a donné la vitesse;
» Je ne puis avec vous rester un seul instant.
» Mon museau n'est pas propre, il faut que je le lave. »

Il s'échappe en disant ces mots,
Non sans avoir , de son air le plus grave ,
Pris congé de nos trois marmots.

Les enfants, refusés par tous les animaux,
Depuis le coq au cri superbe
Jusqu'au lourd hanneton construisant un pont d'herbe,
S'adressèrent enfin au ruisseau murmurant,
Qui, tantôt comme un lac, tantôt comme un torrent,
Abreuvant de ses eaux la terre desséchée,
Obéissait aux lois de sa pente cachée.

— » Ne fuyez pas si vite ! arrêtez-vous un peu !
Dirent-ils au ruisseau... Soyez de notre jeu !... »

— «Non, non! dit le ruisseau, qui blanchissait d'écumes...
» N'entendez-vous donc pas retentir les enclumes ?
» La meule du moulin au monotone bruit
» Compte sur moi... Je vais, je marche jour et nuit !
» M'arrêter ! et qui donc féconderait la plaine?
» Qui broirait le froment? qui laverait la laine?
» Qui ferait manœuvrer tous ces mille marteaux?
» Qui, si je m'arrêtais , porterait les bateaux?

» Arrière, paresseux ! » — Poursuivant sa carrière,
Le ruisseau murmura ces mots : — Arrière ! arrière !
Et s'éloigna. — Ceci compléta la leçon.

Nos trois enfants, traités de si rude façon,
Reconnurent que Dieu n'a rien fait de frivole.
Profitant de l'avis du coq et du pinson,
   Ils retournèrent à l'école.

       CORDELLIER DELANOUE.

FABLES

LA LANTERNE ET LA CHANDELLE.

Une chandelle disait un jour à la lanterne :
— Pourquoi de ton foyer me faire une prison ?
Ton vilain œil de bœuf rend ma lumière terne :
Ouvre-toi ; qu'à mon gré j'éclaire l'horizon. —
La lanterne obéit ; l'autre qu'y gagne-t-elle ?
Bonsoir ; un coup de vent a soufflé la chandelle.

      LE BAILLY.

L'ARAIGNÉE ET LE VER A SOIE.

L'araignée en ces mots raillait le ver à soie :
« Bon Dieu ! que de lenteur dans tout ce que tu fais !
  Vois combien peu de temps j'emploie

A tapisser un mur d'innombrables filets.
— Soit : répondit le ver, mais ta toile est fragile ;
    Et puis à quoi sert-elle ? A rien.
    Pour moi, mon travail est utile :
    Si je fais peu, je le fais bien. »

LE MÊME.

LA VIPÈRE ET LA SANGSUE.

    » Nous piquons toutes deux, commère,
A la sangsue un jour disait une vipère,
Et l'homme cependant te recherche et me fuit ;
D'où vient cela ? — D'où vient ? répliqua la sangsue :
    C'est que ta piqûre le tue,
    Et que la mienne le guérit. »

LE MÊME.

LE CHIEN ET LE CHAT.

    Pataud jouait avec Raton,
Mais sans gronder, sans mordre, en camarade, en frère :
Les chiens sont bonnes gens ; mais les chats, nous dit-on,
    Sont justement tout le contraire.
    Raton, bien qu'il jurât toujours.
    Avoir fait pate de velours,
Raton, et ce n'est pas une histoire apocryphe,
Dans la peau d'un ami comme fait maint plaisant,
    Enfonçait, tout en s'amusant,
    Tantôt la dent, tantôt la griffe.
    Pareil jeu dut cesser bientôt.

« Et quoi! Pataud , tu fais la mine :
Ne sais-tu pas qu'il est d'un sot
De se fâcher quand on badine?
Ne suis-je pas ton bon ami? »
— Prends le nom qui convient à ton humeur maligne,
Raton , ne sois rien à demi ;
J'aime mieux un franc ennemi
Qu'un bon ami qui m'égratigne.

ARNAULT.

LA FEUILLE MORTE.

De ta tige détachée,
Pauvre feuille desséchée ,
Où vas-tu? — Je n'en sais rien :
L'orage a brisé le chêne
Qui seul était mon soutien.
De son inconstante haleine
Le zéphir ou l'aquilon
Depuis ce jour me promène
De la forêt à la plaine,
De la montagne au vallon.
Je vais où le vent me mène,
Sans me plaindre ou m'effrayer ;
Je vais où va toute chose,
Où va la feuille de rose
Et la feuille de laurier.

LE MÊME.

LE TRÉSOR ET LES TROIS HOMMES.

TROIS hommes (c'est bien peu pour en trouver un bon)
D'un trésor en commun firent la découverte.
En profitèrent-ils ? L'histoire dit que non :
Ils ne sont pas les seuls dont l'or ait fait la perte.
A quoi sert un trésor sans Bacchus et Cérès ?
Ces hommes eurent faim. A la ville prochaine
L'un des trois du repas va chercher les apprêts.
» Pour ces gens-ci, dit-il, la mort serait certaine,
Si je voulais. Alors les deux savent combien
De l'un et l'autre lot j'augmenterais le mien !
Et je laisse échapper une pareille aubaine ! »
          On peut juger qu'il n'en fit rien.
Quiconque pense au crime est près de s'y résoudre :
Sur un plat du festin il mit certaine poudre
Qui devait envoyer nos trouveurs de trésors
          Finir leur banquet chez les morts.

Pendant qu'en son esprit il supputait la somme,
Le couple de là-bas lui brassait même tour,
Et le même festin l'attendait au retour.
          Il vient, on l'embrasse, on l'assomme.
L'endroit qui cachait l'or tient le forfait caché.
          En place on enterre notre homme ;
On divisa sa part avant d'avoir touché
          Aux mets apportés par le traître :
Mais l'effet du poison ne tarda pas beaucoup :
La mort fit cette fois trois conquêtes d'un coup,
          Et le trésor resta sans maître.

CHARLES NODIER,

L'AIGLE ET LE SOLEIL.

L'AIGLE de la montagne un jour dit au soleil :
« Pourquoi luire plus bas que ce sommet vermeil?
» A quoi sert d'éclairer ces prés, ces gorges sombres ;
« De salir tes rayons sur l'herbe dans ces ombres ?
» La mousse imperceptible est indigne de toi !
—· « Oiseau , dit le soleil , viens et monte avec moi !... »
L'aigle , avec le rayon s'élevant dans la nue ,
Vit la montagne fondre et baisser à sa vue ;
Et , quand il eut atteint son horizon nouveau ,
A son œil confondu tout paru de nouveau.
» Eh bien! dit le solil , tu vois , oiseau superbe ,
» Si pour moi la montagne est plus haute que l'herbe ?
» Rien n'est grand ni petit devant mes yeux géants ,
» La goutte d'eau me peint comme les océans ;
» De tout ce qui me voit je suis l'astre et la vie ,
» Comme le cèdre altier l'herbe me glorifie ;
» J'y chauffe la fourmi , des nuits j'y bois les pleurs ,
» Mon rayon s'y parfume en traînant sur les fleurs ! »
» Et c'est ainsi que Dieu , qui seul est sa mesure ,
» D'un œil pour tous égal voit toute la nature ! »

DE LAMARTINE.

LE PIGEON ET LE RAMIER.

UN pigeon voit mourir sa compagne fidèle ;
Il roucoule , il gémit. Le ramier , son voisin ,
lui dit : « Pourquoi cette plainte cruelle ?
Vos cris sont impuissants pour vaincre le destin.
J'ai perdu comme vous ma compagne chérie ;

La froide indifférence est le plus grand des maux ;
   J'eus tort de fuir tous les oiseaux :
   L'amitié, charme de ma vie,
Peut seule du malheur alléger le fardeau ;
   Que sa chaîne aujourd'hui nous lie,
Et réunissons-nous sous un même berceau. »
Dès-lors, toujours ensemble, ils trouvèrent des charmes
A parler de leurs peines ; ils en souffrirent moins.
   D'un ami qui sèche nos larmes
   Ne repoussons jamais les soins.

       DE STASSART.

LE NID D'HIRONDELLE.

  POSSESSEUR d'un nid d'hirondelles,
   Un enfant gâté
  Veut leur donner la liberté,
Et les pauvres petits ont à peine des ailes.
« Soyez libres, dit-il ; tout l'est dans l'univers. »
  Et la nichée est dans les airs.
  Chaque oisillon, enchanté de lui-même,
  Encouragé par un premier essor,
En essaie un second, et, reprenant encor,
  Fait, hélas ! naufrage au troisième.
L'un s'écrase en tombant, un autre meurt de faim,
  L'autre est croqué par le chat du voisin :
   Tant qu'à la fin de la couvée
   Aucune tête n'est sauvée.

Laissons faire le temps, tout arrive à son point.
   Là-propos est une science
   Que les hommes n'entendent point.
On perd son avenir par trop d'impatience.

Sur un pareil sujet je crains de trop parler ;
Un mot en dira plus que cent mille volumes :
   Les oiseaux sont faits pour voler,
   Mais attendez qu'ils aient des plumes.

· VIENNET.

⋙ ⋘

LE TABLEAU.

DANS un obscur réduit, dans l'ombre et la poussière,
Un tableau se cachait, abandonné, perdu !

   Le ciel, pour ce pauvre inconnu,
   N'avait ni rayons, ni lumière !
   Mais, par un caprice, un hasard,
   Soudain au grand jour on l'expose ;
   L'œil puissant d'un maître de l'art
   Sur lui s'arrête et se repose.
O surprise ! Est-il vrai ? Des plus savants contours
Se dessine d'abord la ligne harmonieuse ;
Puis la couleur se montre ardente, radieuse,
   Faisant pâlir le feu des plus beaux jours :
Puis apparaît enfin une toile divine,
Un chef-d'œuvre inconnu, dont l'éclat ignoré
   N'attendait, pour être admiré,
Que la clarté du ciel qui soudain l'illumine !

Au talent qui languit dans l'ombre et le sommeil,
Et que poursuit du sort l'injustice commune,
Que manque-t-il souvent pour trouver le réveil ?
   Un sourire de la fortune,
   Un simple rayon du soleil !

LÉON HALÉVY.

5

LES FEUILLES ET LE VENT.

Sur un impur fumier des feuilles oubliées
     Y languissaient humiliées.
      Le vent souffle !... leurs bataillons
      Montent en légers tourbillons ;
      Voilà mes folles dispersées ,
Et vers les cieux en tous sens élancées.

      Fières de leurs nouveaux destins ,
Les sottes se croyaient des aigles pour le moins :
      « Voyez , voyez donc , criaient-elles
      Aux oiseaux qui, comme l'éclair ,
      Franchissaient l'espace de l'air !
Nous irons loin !... » Personne n'en doutait ,
      Du moins tant que le vent soufflait :
Mais il cessa , leur sort changea de face ,
      Et le bataillon glorieux
      Revint , confus et furieux ,
      Reprendre sa première place.

Que d'orgueilleux sont promptement déçus.
      Que de sots dont le temps nous venge ,
      Et qui retombent dans la fange
      Quand le vent ne les soutient plus !

                    ULRIC GUTTINGUER.

LA LOCOMOTIVE ET LE CHEVAL.

Un cheval vit un jour sur un chemin de fer
Une machine énorme à la gueule enflammée ,
Aux mobiles ressorts, aux longs flots de fumée :
« En vain, s'écria-t-il, ô fille de l'enfer ,

En vain tu voudrais nuire à notre renommée ;
Une palme immortelle est promise à nos fronts,
Et toi, sous le hangar, honteuse et délaissée,
Tu pleureras ta gloire en naissant éclipsée.
De vitesse avec moi veux-tu lutter ? — Luttons !
Dit la machine ; enfin ta vanité me lasse. »
Elle roule, elle roule, et dévore l'espace.
Il galope, il galope, et d'un sabot léger
Il soulève le sable et vole dans la plaine.
Mais il se berce, hélas ! d'un espoir mensonger :
Inondé de sueur, épuisé, hors d'haleine,
Bientôt l'imprudent tombe et termine ses jours ;
Et que fait sa rivale ? Elle roule toujours.

La routine au progrès veut disputer l'empire ;
Le progrès toujours marche, et la routine expire.

P. LACHAMBAUDIE.

L'ENFANT ET LA BOUGIE.

A la Bougie ardente, un soir, un écolier
Disait : « Ainsi que toi que ne puis-je briller ?
Un soleil sur ton front, toutes les nuits s'allume !
—Ah ! vous ne savez pas ce que vous enviez,
Répondit la Bougie ; enfant, voyez, voyez :
    Je brille... mais je me consume ! »

LE MÊME.

LA SOURCE.

LORSQUE l'été sur la terre
Etend son manteau de plomb,
Comme un Eden solitaire
Fleurit au fond du vallon
Un pré riant et fertile.
Ailleurs, quand le sol stérile
Est morne, silencieux,
Là s'ouvre un charmant asile
Pour l'oiseau mélodieux ;
Dans l'atmosphère embrasée
On voit monter, doux espoir !
Un brouillard qui, vers le soir,
Retombe en fraîche rosée.

Or, ce pré toujours vert, même au sein de l'été,
A qui doit-il la sève et la fertilité ?
C'est à la source féconde
Qui répand sous les fleurs les trésors de son onde.

Ainsi dans l'obscurité
Se cache la bienfaisance,
Et, seule, ses vertus signalent sa présence.

LE MÊME.

LA CONQUE ET L'ENFANT.

UN enfant aperçoit sur une cheminée
Une conque jadis par la vague entraînée
Sur un rivage lointain.
Il l'applique à son oreille,
Puis il entend, ô merveille !
Un bruit étrange, incertain.

« D'où vient, dit-il, ce bruit qui cause ma surprise?
— C'est la voix de la mer que caresse la brise :
Son souvenir en moi toujours résonne ainsi. »
            O ma sœur, en nous aussi
            Murmure une voix touchante,
De la terre natale écho mystérieux.
Quels que soient nos destins, à toute heure, en tous lieux,
Elle parle à nos cœurs de la patrie absente.

                                    LE MÊME.

LA GOUTTE D'EAU ET LE LIS.

            Du haut d'un nuage enflammé
Une goutte d'eau tombe en un lis embaumé,
Et bientôt vers le ciel s'évapore, odorante.
            Ainsi la larme brûlante
Qu'au sein de l'amitié verse l'affliction
S'en exhale en parfums de consolation.

                                    LE MÊME.

LA FUMÉE DE L'ENCENS ET LA FUMÉE DE LA FORGE.

Un nuage d'encens s'élevant du saint lieu
Rencontre dans les airs une noire fumée
Que vomit à longs flots une forge allumée.
« Ne sais-tu pas, dit-il, que je monte vers Dieu?
Profane, éloigne-toi! » Du firmament venue,
En ces mots l'interrompt une voix inconnue :
            « Mêlez-vous fraternellement,
Toi, du sein du travail, et toi, du sanctuaire;

Vous êtes au Seigneur chères également,
    Car le travail vaut la prière. »

LE MÊME.

LA ROBE DE L'INNOCENCE.

AYANT perdu sa robe, on dit que l'Innocence
En vain pour la chercher courut chez le Plaisir,
    Chez la Fortune et la Puissance.
Qui la lui reporta? — Ce fut le Repentir.

LE MÊME.

POÉSIE HISTORIQUE.

———◦◆◦———

HOMÈRE (*)

« J'ai besoin de repos enfin. A ma vieillesse
Il faut la chaude ampleur d'une tunique épaisse,
Un siége auprès du feu, d'où l'on écoute en paix
Les menaces des vents dans les hautes forêts,
Et quelque peu de vin dont l'ardeur généreuse
Fasse dans mon vieux sang couler sa force heureuse.
O sages ! pardonnez ces vœux où je me plais.
Le pauvre se console avec les longs souhaits.
Pandore, qui tient l'urne où resta l'espérance,
Veille à côté de nous ainsi que la souffrance ;

(*) Fragment d'un poëme inédit sur Homère.

Et lorsque celle-ci nous a percé le sein,
La divine Pandore, attentif médecin,
Pose d'un doigt léger sur la plaie enflammée,
Comme un frais appareil, l'espérance embaumée.

» C'est ce bienfait des cieux, l'espoir d'un sort plus doux,
Qui m'a donné courage et m'a conduit vers vous.
Or, voici ma prière : Accordez-moi la somme
Qui suffit, chaque année, à l'entretien d'un homme;
Si le grand Jupiter vous porte à consentir,
Vous n'aurez pas ensuite à vous en repentir,
Car je chanterai Cume et ses plaines fertiles,
Et la rendrai fameuse entre toutes les villes.

» Quelquefois, Cumœens, un doute méfiant
Retient déjà la main tendue au suppliant.
On craint qu'un vagabond, enclin à la paresse,
Ne couvre d'un faux air sa honteuse détresse,
Et n'accuse les dieux d'un malheur inventé,
Pour ennoblir sa faim due à sa lâcheté.
Trop souvent, en effet, un gueux tient ce langage
Qu'il gagnerait du pain s'il avait de l'ouvrage,
Et sitôt qu'on le met à l'œuvre, on s'aperçoit
Qu'au bout de deux sillons le fainéant s'asseoit.
On a regret alors que ce glouton consomme
La part qui suffirait à nourrir un brave homme.
Un maître prévoyant a donc soin d'essayer
L'art de son serviteur avant de le payer :
S'il sait serrer les blés et les lier en gerbes,
Ou, la faucille en main, faire tomber les herbes,
Et disposer les tas qu'il faut mettre à l'abri,
De peur des eaux du ciel dont le foin est pourri;
S'il va couper au bois les buissons qu'on aligne

Pour clore le verger où prospère la vigne,
Et si d'un bon zéphir il choisit le moment
Pour séparer la paille et le grain de froment,
Et quand le serviteur a bien fait son ouvrage,
Il est juste qu'alors il reçoive son gage.

» Mais pour que vous sachiez si je suis un menteur,
Ou bien si d'Apollon je tiens l'art du chanteur,
Ecoutez, Cumœens, ces chansons du rapsode :
La Muse ionienne en a dicté le mode :

. . . .

. . . .

Voilà ce que chanta le rapsode divin.

» Vieillards, dit-il encor, ce n'est donc pas en vain
Qu'on refuse l'oreille aux prières célestes.
Jupiter les exauce ou bonnes ou funestes.
Achille leur ferma son cœur ; Achille en deuil
S'écria dans la suite : « Ah ! périsse l'orgueil !
» Si j'avais écouté la prière meilleure,
» Mon plus cher compagnon, Patrocle que je pleure,
» N'eût pas reçu la mort sur un sol étranger,
» En accusant Achille absent de son danger. »

« Craignez que les regrets ne vous viennent de même.
N'imitez pas non plus la race qui blasphème,
Les géants abhorrés des dieux et des mortels,
Injustes, insolents, aux voyageurs cruels :
Mais des Phéaciens suivez plutôt l'exemple.
Leur cœur hospitalier des dieux était le temple.
Jamais un voyageur, dans leur île égarée,
N'y connut le refus d'un secours imploré :
Aussi les dieux souvent, pendant les sacrifices,
S'asseyaient à leur table et mangeaient les prémices,

Et même, si quelqu'un se mettait en chemin,
Un dieu l'accompagnait, sous un visage humain. »

Il dit. Un long murmure accueille sa harangue.
Tous, enchantés des sons qui coulaient de sa langue,
Craignaient qu'il ne finît quand il eut commencé,
Et l'on écoute encore après qu'il a cessé.

Enfin un bruit s'élève, et se propage, et roule,
Et grandit. La louange éclate dans la foule :
C'est un chantre divin ! un poète inspiré !
A l'égal de la Muse il doit être honoré !
Ainsi, lorsque la nuit du haut des monts s'élance,
Dans la campague sombre il se fait un silence,
Le voyageur tardif autour de lui n'entend
Que le bruit des cailloux sous son pied résistant :
La peur, hôte des nuits et de la solitude,
Dans son cœur inquiet jette l'incertitude.
Mais si les pas de l'homme ont averti de loin
Le chien, gardien des seuils, qui veille dans un coin,
Tout-à-coup retentit un aboîment immense ;
Il s'éteint sur un point, ailleurs il recommence.
Au signal éclatant chaque dogue répond,
Et l'air est ébranlé d'un concert furibond.

F. PONSARD.

><><><><

LA MORT DE PLATON.

NOBLE couronnement d'une vieillesse auguste,
O mort due au génie et fin digne d'un juste,
Mort du divin Platon, toi qui seule aurais pu
Nous apprendre comment ce grand homme a vécu !
Son âme sans douleur dans tes bras est passée !

Sa tête, vers le ciel doucement renversée,
Semble avoir appelé le calme du sommeil :
Son œil fixe soutient les rayons du soleil ;
Sa plume humide encore a fui sa main glacée ;
Son génie est saisi par l'éternel repos :
Il ne peut achever la phrase commencée :
La mort qu'il oubliait interrompt ses travaux,
Et dévore avec lui la fin de sa pensée.

EDOUARD ALLETZ.

>o<>o<>o<

ALEXANDRE.

QUEL est ce conquérant dont les hardis exploits
Semblent d'un même joug menacer tous les rois?
Devant ses étendards a couru l'épouvante.
Peuples! n'arrêtez plus sa marche triomphante ;
Redoutez, respectez le géant des combats,
Rois! contre son courroux ne vous révoltez pas,
De vos trônes vieillis consentez à descendre ;
Implorez le vainqueur, cédez : c'est Alexandre.
Voulant tout asservir, osant tout hasarder,
Il ravage la terre et croit la posséder !
Insensé!... Dans les cieux il est une puissance
Qui sur les jours de l'homme a prononcé d'avance;
De ces ambitieux elle régla le sort :
Aujourd'hui c'est le trône, et demain c'est la mort.
Alexandre n'est plus... il n'est plus ! Qu'elle est vaine
L'espérance permise à la grandeur humaine !
Quand des portes du jour ramenant ses drapeaux,

Indigné de subir le tourment du repos,
Il accusait les cieux qu'à sa gloire guerrière)
La limite du monde eût fermé la carrière,
Se plaignant que ses vœux, injustement bornés,
Dans ce monde conquis fussent emprisonnés,
L'Eternel contemplait l'urne encore future
Qui, des succès guerriers vengeant enfin l'injure,
Bientôt emprisonna, dans ses contours étroits,
La cendre du vainqueur des peuples et des rois.

Ces guerriers, qu'il guida long-temps à la victoire,
Déchirent en lambeaux l'étendard de sa gloire.
Le héros expirant prévit avec douleur
Qu'il laissait après lui la guerre et le malheur.
Divisés et jaloux, ils s'arment, le sang coule;
Cet empire puissant de toutes parts s'écroule,
Il tombe, et toutefois montre aux regards surpris
Le grand nom d'Alexandre empreint sur les débris.

Frappé de tels revers, l'homme craint et soupire;
Mais l'œil de Jéhova voit tomber un empire,
Comme le laboureur, aux beaux jours de l'été,
Assis sous le tilleul que ses mains ont planté,
Voit tomber une feuille aride et desséchée
Que de l'arbre vivant un souffle a détachée!

RAYNOUARD.

><>< ><><><

LES CÉSARS GASTRONOMES.

On connaît l'appétit des empereurs romains,
Leur luxe singulier, leurs énormes festins.
Dans un repas célèbre, on dit qu'un de ces princes

Mangea le revenu de deux grandes provinces.
Vitellius, malgré son pouvoir chancelant,
De son règne bien court profita dignement :
Rien ne peut égaler la merveilleuse chère
Qu'en un jour d'appareil il offrit à son frère :
On y vit, s'il faut croire à ses profusions,
Plus de sept mille oiseaux et de deux mille poisson;
Tout y fut prodigué. L'excessive dépense
Du fils d'Ænobardus passe toute croyance.
Je sais qu'il fut cruel, assassin, suborneur,
Mais de son estomac je distingue son cœur.
Il se mettait à table au lever de l'aurore;
L'aurore en revenant l'y retrouvait encore.
Calligula fit faire un repas sans égal
Pour son Incitatus, très-illustre cheval.
Je ne puis oublier l'appétit méthodique
De Géta, qui mangeait par ordre alphabétique.

Domitien un jour se présente au sénat :
« Pères conscrits, dit-il, une affaire d'Etat
» M'appelle près de vous. Je ne viens point vous dire
» Qu'il s'agit de veiller au salut de l'empire ;
» Exciter votre zèle et prendre vos avis
» Sur les destins de Rome et des peuples conquis ;
» Agiter avec vous ou la paix ou la guerre :
» Vains projets sur lesquels vous n'avez qu'à vous taire.
» Il s'agit d'un turbot; daignez délibérer
» Sur la sauce qu'on doit lui faire préparer. »
Le sénat mit aux voix cette affaire importante,
Et le turbot fut mis à la sauce piquante.

BERCHOUX.

DANDOLO.

VENISE aux Byzantins demandait un traité.
Auprès de l'empereur part comme député
Un des plus nobles fils de Venise la belle ,
Dandolo !... L'empereur ordonne qu'on l'appelle.
Il entre... Le traité l'attendait tout écrit :
« Lisez, lui dit le prince , et puis signez... » Il lit.
Mais soudain , pâlissant de colère , il s'écrie :
« Ce traité flétrirait mon nom et ma patrie !
» Je ne signerai pas. » L'impétueux César
Se lève ! Dandolo l'écrase d'un regard.
Le prince veut parler de présents... Il s'indigne !
De bourreaux... Il sourit ! De prêtres... Il se signe!
Alors tout écumant de honte et de fureur :
« Si tu ne consens pas , traître, dit l'empereur ,
» J'appelle ici soudain quatre esclaves fidèles ,
» Je te fais garroter , et là , dans tes prunelles ,
» Un fer rouge éteindra le jour évanoui ;
« Ainsi hâte-toi donc , et réponds enfin : Oui. »
Il se tait !... On apporte une lame brûlante;
Il se tait !... On l'applique à sa paupière ardente;
Il se tait !... De ses yeux où le fer s'enfonçait
Le sang coule ; il se tait !... La chair fume ; il se tait !...
Et quand de ses bourreaux l'œuvre fut achevée,
Tranquille et ferme , il dit : « La patrie est sauvée ! »
Eh bien ! ce front d'airain , inflexible aux douleurs,
Ces yeux qui, torturés, n'ont que du sang pour pleurs ,
Cet immobile front ou pas un pli ne bouge,
Qui ne sourcille pas sous le feu d'un fer rouge ,
Ces yeux, ce front, ce cœur, avaient quatre-vingts ans!

. . . .

LECOUVÉ.

LA VIE DE JEANNE D'ARC.

Un jour que l'Océan , gonflé par la tempête ,
Réunissant les eaux de ses fleuves divers,
Fier de tout envahir, marchait à la conquête
    De ce vaste univers ,
Une voix s'éleva du milieu des orages ,
Et Dieu , de tant d'audace invisible témoin ,
Dit aux flots étonnés : « Mourez sur ces rivages ,
    » Vous n'irez pas plus loin ! »

Ainsi , quand tourmentés d'une puissante rage ,
Les soldats de Bedfort , grossis par leurs succès ,
    Menaçaient d'un profond naufrage
    Le royaume et le nom français,
Une femme , arrêtant ces bandes formidables ,
Se montra dans nos champs de leur foule inondés ,
Et ce torrent vainqueur expira dans les sables
Que naguère il couvrait de ses flots débordés.

Une femme paraît , une vierge , un héros ;
Elle arrache son maître aux langueurs du repos.
La France , qui gémit, se réveille avec peine ,
Voit son trône abattu, voit ses champs dévastés ,
    Se lève en secouant sa chaîne ,
Et rassemble à ce bruit ses enfants irrités.
    Qui t'inspira , jeune et faible bergère ,
    D'abandonner ta houlette légère
    Et les tissus commencés par ta main?
    Ta sainte ardeur n'a pas été trompée ;
    Mais quel pouvoir brise sous ton épée
    Les cimiers d'or et les casques d'airain?

L'aube du jour voit briller ton armure ,
L'acier pesant couvre ta chevelure ,
Et des combats tu cours braver le sort.
Qui t'inspira de braver ton vieux père ,
De préférer aux baisers de ta mère
L'horreur des camps , le carnage et la mort ?

C'est Dieu qui l'a voulu , c'est le Dieu des armées ,
Qui regarde en pitié les pleurs des malheureux ,
C'est lui qui délivra nos tribus opprimées
      Sous le poids d'un joug rigoureux ;
C'est lui , c'est l'Éternel , c'est le Dieu des armées !

L'ange exterminateur bénit ton étendard ;
Il mit dans tes accents un son mâle et terrible ,
La force dans ton bras , la mort dans ton regard ,
      Et dit à la brebis paisible :
      Va déchirer le léopard.

    Richemont, La Hire , Xaintrailles,
    Dunois, et vous , preux chevaliers ,
    Suivez ses pas dans les batailles,
    Couvrez-la de vos boucliers ;
    Couvrez-la de votre vaillance ,
    Soldats , c'est l'espoir de la France
    Que votre roi vous a commis ,
    Marchez quand sa voix vous appelle ,
    Car la victoire est auprès d'elle ;
    La fuite , avec ses ennemis.

Apprenez d'une femme à forcer des murailles,
A gravir leurs débris sous des feux dévorants ,
A terrasser l'Anglais , à porter dans ses rangs
      Un bras fécond en funérailles !
Honneur à ces hauts faits ! Guerriers , honneur à vous !

Chante, heureuse Orléans, les vengeurs de la France,
    Chante ta délivrance :
Les assaillants nombreux sont tombés sous leurs coups.
Que sont-ils devenus ces conquérants sauvages
Devant le fer vainqueur qui combattait pour nous?...
    Ce que deviennent les nuages
D'insectes dévorants dans les airs rassemblés,
Quand un noir tourbillon élancé des montagnes
Disperse en tournoyant ces bataillons ailés,
    Et fait pleuvoir sur nos campagnes
    Leurs cadavres amoncelés.

    Aux yeux d'un ennemi superbe
    Le lis a repris ses couleurs ;
    Ses longs rameaux, courbés sous l'herbe,
    Se relèvent couverts de fleurs.
Jeanne au front de son maître a posé la couronne.
A l'attrait des plaisirs qui retienne ses pas
    La noble fille l'abandonne :
Délices de la cour vous n'enchaînerez pas
    L'ardeur d'une vertu si pure ;
    Des armes voilà sa parure,
    Et ses plaisirs sont des combats.
Ainsi tout prospérait à son jeune courage.
Dieu conduisit deux ans ce merveilleux ouvrage ;
    Il se plut à récompenser
Pour la France et ses rois son amour idolâtre ;
Deux ans il la soutint sur ce brillant théâtre,
Pour apprendre aux Anglais, qu'il voulut abaisser,
Que la France jamais ne périt tout entière,
Que, son dernier vengeur fût-il dans la poussière,
Les femmes, au besoin, pourrait les en chasser.
               CASIMIR DELAVIGNE.

LA MORT DE JEANNE D'ARC.

SILENCE au camp ! la vierge est prisonnière ;
Par un injuste arrêt Bedfort croit la flétrir :
   Silence au camp ! la vierge va périr ;
Jeune encore, elle touche à son heure dernière...

A qui réserve-t-on ces apprêts meurtriers ?
      Pour qui ces torches qu'on excite ?
      L'airain sacré tremble et s'agite !
D'où vient ce bruit lugubre ? où courent ces guerriers
Dont la foule à longs flots roule et se précipite ?

      La joie éclate sur leurs traits ,
      Sans doute l'honneur les enflamme :
Ils vont pour un assaut former un rang épais :
      Non , ces guerriers sont des Anglais
      Qui vont voir mourir une femme !

      Qu'ils sont nobles dans leurs courroux !
Qu'il est beau d'insulter aux bras chargés d'entraves !
La voyant sans défense , ils s'écriaient , ces braves :
      « Qu'elle meure ! elle a contre nous
Des esprits infernaux suscité la magie ! »
      Lâches ! que lui reprochez-vous ?
D'un courage inspiré la brûlante énergie,
L'amour du nom français , le mépris du danger,
      Voilà sa magie et ses charmes ,
      En faut-il d'autres que des armes
Pour combattre , pour vaincre et punir l'étranger?

Du Christ avec ardeur Jeanne baisait l'image ;
Ses longs cheveux épars flottaient au gré des vents ;
Au pied de l'échafaud , sans changer de visage ,
      Elle s'avançait à pas lents.

Tranquille elle y monta ; quand , debout , sur le faîte
Elle vit ce bûcher qui l'allait dévorer ,
Les bourreaux en suspens , la flamme déjà prête ,
Sentant son cœur faillir , elle baissa la tète ,
   Et se prit à pleurer.

  Ah ! pleure , fille infortunée !
  Ta jeunesse va se flétrir ,
  Dans sa fleur trop tôt moissonnée !

  Adieu , beau ciel , il faut mourir.
  Ainsi qu'une source affaiblie ,
  Près du lieu même où naît son cours ,
  Meurt en prodiguant ses secours
  Au berger qui passe et l'oublie ;

  Ainsi , dans l'âge des amours ,
  Finit ta chaste destinée ,
  Et tu péris abandonnée
  Par ceux dont tu sauvas les jours.

Tu ne reverras plus tes riantes campagnes,
Le temple, le hameau , le champ de Vaucouleurs ,
  Et ta chaumière et tes compagnes,
Et ton père, expirant sous le poids des douleurs.
Chevaliers , parmi vous qui combattra pour elle ?
N'osez-vous entreprendre une cause aussi belle ?
Quoi ! vous restez muets ! aucun ne sort des rangs ?
Aucun pour la sauver ne descend dans la lice ?
Puisqu'un forfait si noir les trouve indifférents ,
  Tonnez, confondez l'injustice ,
Cieux, obscurcissez-vous d'un nuage épais ;
Eteignez sous leurs flots les feux du sacrifice ,
  Ou guidez au lieu du supplice ,

A défaut du tonnerre , un chevalier français !
Après quelques instants d'un horrible silence ,
Tout-à-coup le feu brille , il s'irrite, il s'élance !
Le cœur de la guerrière alors s'est ranimé ;
A travers les vapeurs d'une fumée ardente ,
   Jeanne encore menaçante ,
Montre aux Anglais son bras à demi consumé.
   Pourquoi reculer d'épouvante ,
   Anglais ! son bras est désarmé ;
La flamme l'environne , et sa voix expirante
Murmure encore : « O France! ô mon roi bien-aimé! »
Que faisait-il ce roi ? Plongé dans la mollesse ,
Tandis que le malheur réclamait son appui ,
L'ingrat oubliait aux pieds d'une maîtresse
   La vierge qui mourait pour lui ?
  , Ah ! qu'une page si funeste
   De ce règne victorieux ,
   Pour n'en pas obscurcir le reste ,
S'efface sous les pleurs qui tombent de nos yeux !
Qu'un monument s'élève aux lieux de ta naissance ,
O toi , qui des vainqueurs renversas les projets !
La France y portera son deuil et ses regrets ,
   Sa tardive reconnaissance ,
Elle y viendra gémir sous de jeunes cyprès :
Puissent croître avec eux ta gloire et ta puissance !

Que sur l'airain funèbre on grave des combats ,
Des étendards anglais fuyant devant tes pas ,
Dieu vengeant par tes mains la plus juste des causes.
Venez, jeunes beautés ; venez, braves soldats ;
Semez sur son tombeau les lauriers et les roses !
Qu'un jour le voyageur, en parcourant ces bois,

Cueille un rameau sacré, l'y dépose et s'écrie :
« A celle qui sauva le trône et la patrie,
« Et n'obtint qu'un tombeau pour prix de ses exploits. »

LE MÊME.

><><><><

LE CORRÈGE.

Nourrice d'Allégri , Parme, cité chrétienne,
Sois fière de l'enfant que tes bras ont porté !
J'ai vu d'un œil d'amour ta belle antiquité,
Rome en toute sa pompe et sa grandeur païenne ;

J'ai vu Pompéi morte, et comme une Athénienne,
La pourpre encor flottant sur son lit déserté ;
J'ai vu le dieu du jour rayonnant de beauté
Et tout humide encor de la vague ionienne :

J'ai vu les plus beaux corps que l'art ait revêtus ;
Mais rien n'est comparable aux timides vertus,
A la pudeur marchant sous la robe de neige ;

Rien ne vaut cette rose , et cette belle fleur
Qui secoua sa tige et sa divine odeur
Sur le front de ton fils , le suave Corrège.

AUGUSTE BARBIER.

><><><><

CORNEILLE.

L'ÈRE de nos beaux arts à cette ère commence.
Corneille , dont le cours décrit un cercle immense,
A d'autres grands esprits ouvre des cieux nouveaux ,

Ainsi que le soleil, où le jour prend sa source,
Emporte autour de lui , dans sa lointaine course,
    Un peuple de soleils rivaux.

Dans sa pensée ardente il se créa lui-même,
Il se fit un levier de sa vertu suprême,
Et son âme à plein vol prit un rapide essor.
En vain des cris jaloux attaquèrent sa gloire :
Leur répondant toujours par une autre victoire,
    Il s'envolait plus haut encore !...

Son génie en lui-même a son foyer de flamme,
Sa haute poésie est l'école de l'âme,
Et ses vers sont peuplés d'illustres sentiments,
Et luttant de grandeur sous de vastes portiques,
Ses hommes demi-dieux, colosses héroïques,
    Ressemblent à des monuments.

BELMONTET.

><><><><

BOSSUET.

    COMME une aigle aux ailes immenses,
      Agile habitante des cieux ,
Franchit en un instant les plus vastes distances,
Parcourt tout de son vol et voit tout par ses yeux,
      Tel, à son gré , changeant de place,
      Bossuet à notre œil retrace
Sparthe, Athènes , Memphis aux destins éclatants,
Tel il passe , escorté de ces grandes images,
      Avec la majesté des âges
      Et la rapidité des temps !

Oui, s'il parut jamais sublime,
　　C'est lorsque, armé de son flambeau,
Interprète inspiré des siècles qu'il ranime,
Des États écroulés il sonde le tombeau ;
　　C'est lorsque en sa douleur profonde,
　　Pour former le convoi du monde,
Il scelle le cercueil de l'empire romain,
Et qu'il élève alors ses accents prophétiques
　　A travers les débris antiques
　　Et la poudre du genre humain !

CHÉNEDOLLÉ.

LE SUEUR.

Au lieu d'interroger la Grèce et l'Italie,
Le Sueur n'écoutant que son propre génie,
Disciple de lui-même, instruisit les Français
A ne plus emprunter la gloire des succès.
Tout ce que lui dirait la ruine savante,
Son instinct le devine, ou son talent l'invente.
Pur comme la nature et parfois comme l'art,
Il attendrit le cœur, il charme le regard ;
Sage quand il invente et vrai quand il s'exprime,
Toujours il est naïf, souvent il est sublime.
Approchez donc. Le peintre a choisi son héros.
D'une sainte épopée il trace les tableaux.
Abordez avec moi la retraite profonde
Où, pieux neufragés de l'océan du monde,
Les enfants de Bruno, pâles, silencieux,
Par le désert du cloître avancent vers les cieux.

De ce grand pénitent l'histoire merveilleuse
Marque d'exemples saints leur route périlleuse,
Leur enseigne à prier, à jeûner, à souffrir,
Les encourage à vivre et surtout à mourir.

RAYNOUARD.

LE XVIII. SIÈCLE.

MONTESQUIEU, dans ce siècle, osant juger les lois,
Des peuples asservis revendiqua les droits,
Du pouvoir absolu vengea l'espèce humaine,
Et fit rougir l'esclave en lui montrant sa chaîne.
Diderot, d'Alembert, contre les oppresseurs,
Sous un libre étendard liguèrent les penseurs,
Et l'arbre de Bacon, bravant plus d'un orage,
Par degrés sur l'Europe étendit son ombrage.
Buffon de l'art d'écrire atteignit les hauteurs !
Prodiguant la richesse et l'éclat des couleurs,
Il peignit avec art la nature éternelle ;
Moins paré, mais plus beau, mieux inspiré par elle,
D'après elle toujours voulant nous réformer,
En écrivant du cœur Rousseau la fit aimer.
O Voltaire ! son nom n'a plus rien qui te blesse :
Un moment divisés par l'humaine faiblesse,
Vous recevez tous deux l'encens qui vous est dû !
Réunis désormais, vous avez entendu,
Sur les rives du fleuve où la haine s'oublie,
La voix du genre humain qui vous réconcilie.

JOSEPH CHÉNIER.

VOLTAIRE.

Philosophe , conteur ou chantre séduisant ,
Il peut tout pour nous plaire , et plaît en instruisant.
Prophète audacieux , un feu divin l'anime ,
Il châtie en riant ; simple , enjoué , sublime ,
Des hommes qu'il éclaire il rapproche les rangs ;
Au tribunal du monde il traîne les tyrans ,
Sa voix rend le courage au vulgaire timide ;
C'est Hercule tenant la baguette d'Armide.
Génie intarissable , eh quoi ! toujours nouveau ,
De tant de sentiments tu portes le fardeau ?
N'es-tu pas ce géant que la fable nous vante ,
Qui , transformé par elle en montagne vivante ,
Réunit des saisons les spectacles divers ,
Oppose la verdure aux glaçons des hivers ,
De rochers se hérisse et de fleurs s'environne ,
Lance des feux ardents , de frimas se couronne ,
Roule de noirs torrents , étend ses frais vallons ?
Caressé des zephyrs , battu des aquilons ,
Immobile au fracas de la foudre qui gronde ,
Il presse de son pied les entrailles du monde ,
Et , le front rayonnant de globes radieux ,
Domine fièrement dans le conseil des dieux.

DE PONGERVILLÉ.

⋈⋈⋈⋈

LE BERCEAU.

Si j'étais un oiseau de mer
A l'aile d'or , au bec de fer.
Je volerais pendant l'orage ,

France, sur ton plus haut rivage,
Pour voir au loin le flot verdir,
Et ton roc de corse blanchir,
Là-bas, comme un vaisseau de guerre
Qui lève l'ancre et quitte terre.

Si j'étais la feuille des bois
Qui, tous les mille ans une fois,
Se fane et roule dans l'abîme,
Je reverdirais sur ta cîme,
Chêne de Corse, en tes vallons,
Pour voir où nichent les aiglons,
Et, dès qu'ils ouvrent leur paupière,
Ce qu'on leur jette dans leur aire.

Si j'étais l'étoile qui luit,
Sur l'Océan, pendant la nuit,
Je monterais, à demie nue,
Sur les vagues, puis sur la nue,
Puis avant l'aube dans le ciel ;
Puis je dirais à l'Éternel
Le nom qui remplit mon oreille.
Et dans mon songe me réveille.

Je ne suis pas l'oiseau de mer,
Ni la feuille verte en hiver,
Ni l'étoile dans la nuit noire ;
Je ne suis rien qu'un chant de gloire ;
Je veux monter jusqu'à demain
Les degrés de ma tour d'airain,
Pour voir le long chemin qui mène
Du pont d'Arcole à Sainte-Hélène.

Avec l'écho, sans m'arrêter,
D'un vol bruyant je veux monter

Sur le seuil de mille royaumes,
Sur leurs tombeaux, sur leur fantômes,
Sur les pins frissonnant d'Eylau,
Et sur l'orme de Waterloo,
Puis, au faîte, battre de l'aile,
Comme en son nid une hirondelle.

Peuple de France, écoute-moi,
Et dans ton cœur relève-toi !
Suspends un moment ton ouvrage,
Ecoute-moi, malgré l'orage,
Comme un pèlerin du désert
S'arrête au bruit de la tourmente,
Et du chamelier qui se perd
Ecoute le chant sous sa tente.

Écoute-moi, ciel d'Orient !
T'en souviens-tu de cette étoile
Qui jour et nuit laissait sans voile
Comme une épée au firmament ?
Écoute-moi, désert d'Asie ?
T'en souviens-tu de ce lion,
Effroi des lions de Syrie,
Qui s'appelait Napoléon ?

T'en souviens-tu de cette grève
Qui sur toi brillait comme un glaive ?
Ah ! mer de Corse, dis-le-moi :
Comme un cheval fouille la terre,
Pourquoi, de ta vague en colère
En chassant ton bord devant toi,
Fouillais-tu les monts à leur cîme
Et le secret de ton abîme,

Pourquoi creusais-tu sans repos,
Dès la première heure du monde,
Ton lit et ta rade profonde
Où jamais n'ont dormi tes flots?
Pourquoi faisais-tu tes rivages
De mâts rompus et de granit,
Et des débris des grands naufrages,
Comme un oiseau bâtit son nid?

Pourquoi courbais-tu donc ta plage
Comme une corbeille de joncs
Qui suit le fleuve, et qui surnage,
Et qui s'arrête au pied des monts?
Et pourquoi sur tes fauves crêtes
Amoncelais-tu les tempêtes?
C'était sur le vaste Océan
Pour faire un berceau de géant.

T'en souviens-tu, mer de vaillance,
Mer sans repos, peuple de France,
Quand dans ton lit tu t'éveillas,
Et de ta gloire t'habillas,
Comme une femme qui se lève
Pieds nuds, à minuit, si son rêve
Lui montre un devin prosterné
Au chevet de son nouveau-né?

Pourquoi brisais-tu les royaumes,
Les cieux peuplés et leurs fantômes?
Pourquoi balayais-tu les os
De tes vieux rois dans leurs tombeaux,
Et déchirais-tu leur suaire?
C'était, debout dans ta colère,

Pour jeter un hochet d'enfant
Au fond d'un berceau de géant.

EDGAR QUINET.

><><><><

BONAPARTE.

BONAPARTE ! Ce nom, quand la main le crayonne
Sur le grossier vélin, comme un astre rayonne.
Jamais nom de mortel n'eut des destins si beaux.
Si la France perdait l'éclat qui la décore,
Ce nom étincelant l'embraserait encore
      Comme un soleil sur des tombeaux !

Ce nom ! le grenadier dans les sables humides
L'incrustait en veillant auprès des Pyramides.
L'Anglais le dessina sur le roc de l'exil ;
Et lorsque le burin manquait aux sentinelles,
Elles le ciselaient en lettres éternelles
      Avec la pointe du fusil.

Le sauvage le dit d'une voix ingénue
Sur l'île où toute langue est encore inconnue,
Où l'Océan du Sud murmure de doux sons :
Les peuples endormis sous les ombres du pôle
Ont buriné ce nom sur l'immense coupole
      Arrondie avec des glaçons.

Allez à Tombouctou, la ville fabuleuse
Où le Niger étend son onde nébuleuse,
Prononcez de grands noms, des noms grecs et romains,
Aucun ne touchera le stupide sauvage ;

Demandez Bonaparte à l'écho du rivage,
        Le rivage battra des mains.

Partout il est connu ; cherchez bien sur la carte
Un seul peuple oublieux du nom de Bonaparte ;
Notre globe le sait de l'un à l'autre bout.
Les peuples périront ainsi que leurs histoires,
Les temples, les cités, le bronze des victoires,
        Ce nom seul restera debout !

                                MÉRY.

>o<>o<>o<

L'ACCLAMATION.

GLOIRE à Napoléon ! gloire au maître suprême !
Dieu même a sur son front posé le diadème.
Du Nil au Borysthène il règne triomphant.
Les rois, fils de cent rois, s'inclinent quand il passe,
        Et dans Rome il ne voit d'espace
        Que pour le trône d'un enfant.

Pour porter son tonnerre aux villes effrayées,
Ses aigles ont toujours les ailes déployées.
Il régit le Conclave, il commande au Divan.
Il mêle à ses drapeaux, de sang toujours humides,
        Des croissants pris aux Pyramides,
        Et la croix d'or du grand Yvan !

Le Mamelouk bronzé, le Goth plein de vaillance,
Le Polonais, qui porte une flamme à sa lance,
Prêtent leur force aveugle à ses ambitions.
Ils ont son vœu pour loi, pour foi sa renommée.
        On voit marcher dans son armée
        Tout un peuple de nations !

Sa main, s'il touche au but où son orgueil aspire,
Fait à quelque soldat l'aumône d'un empire,
Ou fait veiller des rois au seuil de son palais,
Pour qu'il puisse, en quittant les combats ou les fêtes,
     Dormir en paix dans ses conquêtes
     Comme un pêcheur dans ses filets !

Il a bâti si haut son aire impériale,
Qu'il nous semble habiter cette sphère idéale
Où jamais on n'entend un orage éclater !
Ce n'est plus qu'à ses pieds que gronde la tempête.
     Il faudrait pour frapper sa tête,
     Que la foudre pût remonter!

Victor Hugo.

><><><><

MOSCOU.

Je les vois ces drapeaux dont les plis conquérants
Ont flotté sur le Nil, le Danube, le Tage ;
De leurs lambeaux sacrés qui couronnent vos rangs
L'ombre victorieuse envahit le rivage
Français ! et la Moskwa, dans ses flots transparents,
Des héros d'Austerlitz berce en grondant l'image.

La terre a retenti sous leurs pas mesurés ;
Des pénibles travaux ils chassent la mémoire :
Du Kremlin à leurs yeux brillent les toits dorés,
     Et sur leurs fronts décolorés
L'Espérance rayonne auprès de la Victoire.

Le bronze a décimé leur nombreux bataillons,
A ces débris vivants de nos vieilles milices.

A peine, pour couvrir leurs vieilles cicatrices,
Les combats ont laissé de glorieux haillons :
De Mojaïsk en feu la cendre les décore ;
Dans ces plaines de sable où la faim les dévore,
Le soc n'a point creusé de fertiles sillons,
Et le mousquet noirci dans leurs mains fume encore.
Qu'importe un gai refrain a salué l'aurore,
Ils chantent... et l'écho de ces hameaux déserts
De leur patrie absente a répété les airs !

Déjà prompts à franchir les champs qu'elle domine,
Les légers escadrons ont franchi la colline.
Quel immense horizon s'étend devant leurs pas !
Voilà donc la cité prix de tant de batailles !
Peut-être vos regards, errant vers ces murailles,
Demain les chercheront et ne les verront pas !
Immobile, les yeux attachés sur sa proie,
Napoléon, debout, rêve triste et vainqueur ;
Un sinistre présage, en passant dans son cœur,
Ne laisse au conquérant qu'un triomphe sans joie.
Où sont les députés qu'attendait son orgueil,
          Et les clefs de la ville sainte ?
Des portes de Moscou nul ne franchit le seuil !
          Et tout se tait dans cette vaste enceinte
          Muette comme le cercueil !

Contre lui désormais qui pourrait la défendre ?
Ses champs sont envahis, ses guerriers ne sont plus.
Les chefs qu'à ses genoux apportent les vaincus
Jamais Vienne et Berlin ne les ont fait attendre.
Son geste impatient accuse leur retard.
Il s'arrête pensif au milieu de sa gloire,

Et de ces murs, qu'embrasse son regard,
Le silence de mort menace sa victoire.

Hélas! un seul jour a passé!
Dans le Kremlin soumis, appuyé sur son glaive,
D'un trône universel il prolongeait le rêve,
Et le rêve s'est effacé !
La flamme a dévoré la conquête stérile :
Temples saints, vieux palais, antiques monuments,
Vous n'offrez à ses yeux que des débris fumants,
Et sa victoire est sans asile !

ANCELOT.

◄►◄►◄►◄

L'APPARITION.

UNE nuit, c'était l'heure où les songes funèbres
Apportent aux vivants les leçons du cercueil ;
Où le second Brutus vit son génie en deuil
Se dresser devant lui dans l'horreur des ténèbres ;
Où Richard, tourmenté d'un sommeil sans repos
Vit les mânes vengeurs de sa famille entière
Rangés autour de ses drapeaux,
Le maudire et crier : Voilà ta nuit dernière !

Napoléon veillait, seul et silencieux :
La fatigue inclinait cette tête puissante
Sur la carte immobile, où s'attachaient ses yeux ;
Trois guerriers, trois sœurs parurent sous sa tente.

Pauvre et sans ornements, belle de ses hauts faits,
La première semblait une vierge romaine

6

Dont le ciel a bruni les traits.

Le front ceint d'un rameau de chêne,
Elle appuyait son bras sur un drapeau français :
Il rappelait un jour d'éternelle mémoire ;
Trois couleurs rayonnaient sur ses lambeaux sacrés,
Par la foudre noircis, poudreux et déchirés,
     Mais déchirés par la victoire.

» Je t'ai connu soldat ; salut : te voilà roi.
     » De Marengo la terrible journée
» Dans tes fastes, dit-elle, a pris place après moi ;
     » Salut ! je suis sa sœur aînée.

          » Je te guidais au premier rang ;
» Je protégeai ta course et dictai la parole
» Qui ranima des tiens le courage expirant,
          » Lorsque la mort te vit si grand
» Qu'elle te respecta sous les foudres d'Arcole.

» Tu changeas mon drapeau contre un sceptre d'airain :
» Tremble ; je vois pâlir ton étoile éclipsée ;
» La force est sans appui, du jour qu'elle est sans frein.
» Adieu ; ton règne expire, et ta gloire est passée. »

La seconde unissait aux palmes des déserts
     Les dépouilles d'Alexandrie.
Les feux dont le soleil inonde sa patrie
De ses brûlants regards allumaient les éclairs.
     Sa main, par la conquête armée,
Dégouttante du sang des descendants d'Omar,
     Tenait le glaive de César
     Et le compas de Ptolémée.

» Je t'ai connu banni ; salut : te voilà roi.
     Du mont Thabor la brillante journée

» Dans tes fastes, dit-elle, a pris place après moi ;
    » Salut ! je suis sa sœur aînée.

    » Je te dois l'éclat immortel
» Du nom que je reçus au pied des Pyramides.
    » J'ai vu les turbans d'Ismaël
» Foulés au bord du Nil par tes coursiers rapides.
Les arts sous ton égide avaient placé leurs fils,
» Quand des restes muets de Thèbe et de Memphis
    » Ils interrogeaient la poussière ;
» Et, si tu t'égarais dans ton vol glorieux,
» C'était comme l'aiglon qui se perd dans les cieux,
    » C'était pour chercher la lumière.

» Tu voulus l'étouffer sous ton sceptre d'airain :
» Tremble ; je vois palir ton étoile éclipsée.
» La force est sans appui, du jour qu'elle est sans frein.
» Adieu ; ton règne expire, et ta gloire est passée. »

La dernière... O pitié ! des fers chargeaient ses bras !
L'œil baissé vers la terre, où chacun de ses pas
    Laissait une empreinte sanglante,
    Elle s'avançait chancelante
En murmurant ces mots : MEURT ET NE SE REND PAS.
Loin d'elle les trésors qui parent la conquête,
    Et l'appareil des drapeaux prisonniers !
    Mais des cyprès, beaux comme des lauriers,
De leur sombre couronne environnaient sa tête.

» Tu ne me connaîtras qu'en cessant d'être roi.
    » Ecoute et tremble : aucune autre journée.
» Dans tes fastes jamais n'aura place après moi,
    » Et je n'eus point de sœur aînée.

» De vaillance et de deuil souvenir désastreux !

» J'affranchirai les rois que ton bras tient en laisse,
» Et je transporterai la chaîne qui les blesse
        » Aux peuples qui vaincront pour eux.
» Les siècles douteront, en lisant ton histoire,
            » Si tes vieux compagnons de gloire,
» Si ces débris vivants de tant d'exploits divers,
» Se sont plus illustrés par trente ans de victoire
        » Que par un seul jour de revers.

» Je chasserai du ciel ton étoile éclipsée ;
» Je briserai ton glaive et ton sceptre d'airain.
» La force est sans appui, du jour qu'elle est sans frein.
» Adieu ; ton règne expire, et ta gloire est passée. »

Toutes trois vers le ciel avaient repris l'essor,
Et le guerrier surpris les écoutait encor ;
Leur souvenir pesait sur son âme oppressée ;
        Mais aux roulements du tambour,
Cette image bientôt sortit de sa pensée,
Comme l'ombre des nuits se dissipe effacée
        Par les premiers rayons du jour...

Il dormait sur la foi de son astre infidèle,
Trompé par ces flatteurs dont la voix criminelle
        L'avait mal conseillé.
Il rêvait, en tombant, l'empire de la terre,
Et ne rouvrit les yeux qu'aux éclats du tonnerre :
        Où s'est-il réveillé ?...

Seul et sur un rocher d'où sa vie importune
Troublait encore les rois d'une terreur commune,
Du fond de son exil encore présent partout,
Grand comme son malheur, détrôné, mais debout
        Sur les débris de sa fortune.

                              CASIMIR DELAVIGNE.

LE TOMBEAU.

IL est temps, fossayeur ! lève-toi ! prends ta pelle !
Va creuser, avant l'aube, une tombe nouvelle,
Étroite, abandonnée à tous les vents du nord.
— En quel lieu? — Sur ce roc. — Comment est fait le mort?
— Qu'importe s'il fut grand, petit, ou fol, ou sage?
Il est ce qu'ils sont tous, il n'est pas davantage.

— Quel nom faut-il graver sur l'airain? — Point de nom :
La mort connaît le mort, la tombe son limon.
— Quel écusson faut-il ciseler sur la pierre?
Combien de pleurs de marbre et quelle humble prière?
— Ni larmes ni prière. Au lieu de ton ciseau,
La foudre gravera l'écusson du tombeau. »

Lentement un cercueil passe sur la colline ;
Plus lentement encor, l'herbe après lui s'incline.
Pas à pas sur l'essieu de son char qui descend,
La pierre du chemin le cahote en passant,
Ainsi qu'un char rustique, au bout de la journée,
Qui ramène des champs la moisson de l'année.

La moisson de l'année et de l'éternité,
En son champ ténébreux, mûrie avant l'été !
Puis, après le cercueil, qui suivait le cortége?
Tous les aigles de mer que la tempête assiége.
Et l'orage après eux s'abritait dans le port ;
Et la tombe disait : Est-il vrai qu'il est mort ?

Dans la nue on voyait, en ses flancs enfermée,
De soldats morts au loin une muette armée.
La bise balayait leurs pâles bataillons ;
De leur soleil éteint ils cherchaient les rayons ;

Sous leurs manteaux de brume ils cachaient leur armure,
Et de leurs cieux errants s'exhalaient un murmure.

On entendait dans l'air un céleste clairon ;
D'invisibles chevaux hennir sous l'éperon ;
Les trompettes des morts résonner dans la brise ;
Et puis, comme la voix d'un peuple qui se brise,
Des cymbales le glas au tremblement d'airain ;
Et des tambours battaient et rugissaient au loin.

Dans le val de Longwood, sous le pic de Diane,
L'ombre, en paix, sommeillait. En son lit diaphane,
La source au pied du saule, éveillée à demi,
En paix désaltérait l'insecte et la fourmi ;
Mais le saule penché sur le flot qui s'écoule
Gémissait et pleurait, comme fait une foule.

La mer aussi gémit. De ses bords africains
Elle a poussé son flot ; et son flot aux longs crins,
Haletant, s'est dressé pour voir les funérailles.
Comme un bon fossoyeur, sous ses hautes broussailles,
Lui-même l'Eternel a caché le tombeau,

Et sur la bouche d'or l'abîme a mis un sceau,
Et puis ce fut là tout. Sur le bord de la pierre,
L'abeille a bourdonné. L'insecte et la vipère,
Apportant leurs petits ensemble au même lieu,
Ont appris, par hasard, le mystère de Dieu ;
Le flot a demandé son sommet au rivage,
Et l'abîme a gardé le secret du naufrage.

Seulement, près du mort, jour et nuit, sans repos,
La sentinelle veille et contemple ses os.
Elle passe et repasse, et pèse son argile,
De peur qu'il ne s'éveille au branle de son île,

Et qu'en se retournant, muet, sur le côté,
Il ne fasse en ses flots trembler l'immensité.

EDGAR QUINET.

LES SOUVENIRS DU PEUPLE.

On parlera de sa gloire
Sous le chaume bien long-temps.
L'humble toit dans cinquante ans
Ne connaîtra plus d'autre histoire.
Là viendront les villageois
Dire alors à quelque vieille :
« Par des récits d'autrefois,
Mère, abrégez notre veille.
Bien, dit-on, qu'il nous ait nui,
Le peuple encore le révère,
    Oui, le révère.
Parlez-nous de lui, grand'mère !
    Parlez-nous de lui ! »

— « Mes enfants, dans ce village,
Suivi de rois il passa.
Voilà bien long-temps de ça :
Je venais d'entrer en ménage.
A pied grimpant le coteau
Où pour voir je m'étais mise,
Il avait un petit chapeau
Avec redingote grise.
Près de lui je me troublai,
Il me dit : « Bonjour, ma chère,
    Bonjour, ma chère. »

— Il vous a parlé, grand'mère !
  Il vous a parlé ! »

L'an d'après, moi pauvre femme,
  A Paris étant un jour,
  Je le vis avec sa cour :
Il se rendait à Notre-Dame.
  Tous les cœurs étaient contents ;
  On admirait son cortége.
  Chacun disait : Quel beau temps !
  Le ciel toujours le protége !
  D'un fils Dieu le rendait père,
      Le rendait père.
  — Quel beau jour pour vous, grand'mère !
    Quel beau jour pour vous !

Mais quand la pauvre Champagne
  Fut en proie aux étrangers,
  Lui, bravant tous les dangers,
Semblait seul tenir la campagne.
  Un soir, tout comme aujourd'hui,
  J'entends frapper à la porte ;
  J'ouvre... Bon Dieu ! c'était lui,
  Suivi d'une faible escorte.
  Il s'asseoit où me voilà,
  S'écriant : « Oh ! quelle guerre !
      » Oh ! quelle guerre ! »
  — Il s'est assis là, grand'mère !
    Il s'est assis là !

« J'ai faim, dit-il. Et bien vite
  Je sers piquette et pain bis.
  Puis il sèche ses habits ;
Même à dormir le feu l'invite.

Au réveil, voyant mes pleurs,
Il me dit : « Bonne espérance !
» Je cours de tous ses malheurs
» Sous Paris sauver la France ! »
Il part ; et comme un trésor
J'ai depuis gardé son verre,
    Gardé son verre.
— Vous l'avez encor, grand'mère ?
    Vous l'avez encor !

Le voici. Mais à sa perte
Le héros fut entraîné.
Lui, qu'un pape a couronné,
Est mort dans une île déserte.
Long-temps aucun ne l'a cru ;
On disait : il va paraître.
Par mer il est accouru ;
L'étranger va voir son maître.
Quand d'erreur on nous tira,
Ma douleur fut bien amère,
    Oh ! bien amère !
— Dieu vous bénira, grand'mère !
    Dieu vous bénira !

                             BÉRANGÉR.

                                                                                 ⅩⅩⅩⅩⅩ

LA COLONNE.

O monument vengeur ! Trophée indélébile !
Bronze qui, tournoyant sur ta base immobile,
Sembles porter au ciel ta gloire et ton néant ;
Et, de tout ce qu'a fait une main colossale,

Seul est resté debout ; — ruine triomphale
  De l'édifice du géant !

Débris du Grand Empire et de la Grande armée,
Colonne d'où si haut parle la renommée !
Je t'aime ; l'étranger t'admire avec effroi.
J'aime tes vieux héros, sculptés par la Victoire,
    Et tous ces fantômes de gloire
    Qui se pressent autour de toi.

J'aime à voir sur tes flancs, Colonne étincelante,
Revivre ces soldats, quand leur onde sanglante
Ont roulé le Danube et le Rhin et le Pô !
Tu mets comme un guerrier le pied sur ta conquête.
J'aime ton piédestal d'armures, et ta tête
    Dont le panache est un drapeau ?

Au bronze de Henri mon orgueil te marie :
J'aime à vous voir tous deux, honneur de la patrie,
Immortels, dominant nos troubles passagers,
Sortir, signes jumeaux d'amour et de colère,
    Lui, de l'épargne populaire,
    Toi, des arsenaux étrangers !...

Que de fois j'ai cru voir, ô Colonne française,
Ton airain ennemi rugir dans la fournaise !
Que de fois ranimant tes combattants épars,
Heurtant sur tes parois leurs armes dérouillées,
    J'ai ressuscité ces mêlées
    Qui t'assiégent de toutes parts !

Jamais, ô monument, même, ivres de leur nombre,
Les étrangers sans peur n'ont passé sous ton ombre.
Leurs pas n'ébranlent point ton bronze souverain.

Quand le sort les poussa une fois sur nos rives,
Ils n'osaient étaler leurs parades oisives
    Devant tes batailles d'airain ?

VICTOR HUGO.

><:><:><:><

L'ARC DE TRIOMPHE DE L'ÉTOILE.

SALUT, ô piédestal de notre renommée !
Salut, représentant de notre vieille armée !
La foudre tomberait sans ébranler ton front !
Ta masse indestructible, édifice sublime,
Fatiguera du temps l'infatigable lime ;
    Sur toi les siècles s'useront !

O noble pierre, orgueil de notre capitale,
Salut à toi ! salut, tombe monumentale,
Dressée à tant de morts que tu dois honorer !
Ta sculpture leur sert d'héroïque épitaphe ;
Autour de toi l'on croit, auguste cénotaphe,
    Sentir leurs fantômes errer !

Sous ta voûte, où tant d'air élargit la poitrine,
Que chacun, même aussi celui que l'âge incline,
Se redresse soudain et se sente plus grand !
Si quelqu'un devant toi porte la tête basse,
On est bien sûr que c'est un étranger qui passe.
    Pierre éloquente, il te comprend !

Le passé sur toi brille en lettres colossales ;
Mieux qu'aux feuillets écrits de toutes nos annales,
Chacun de nos exploits se lit sur ton granit
Aux avides regards ouvre-toi, page immense,

Page immortelle, où gloire est le mot qui commence,
   Où gloire est le mot qui finit.

Les arcs triomphateurs, célèbres dans le monde,
Font sortir une voix de leur base profonde
Pour vanter leur héros et leur sommet hautain ;
Ce sont les arcs, fameux par leur grâce sévère,
De Titus, de Trajan, de Septime-Sévère,
   De Marius, de Constantin !

Tu leur réponds : « Silence à vos cîmes ridées !
» Vous devenez petits devant mes cent coudées.
» Sous moi je vous entends, et sous moi je vous vois.
» Par-dessus vos héros la tête du mien passe,
» Par-dessus vous ainsi je monte dans l'espace !
   » Et ma voix couvre votre voix !...

Raconte nos exploits, et fais qu'on nous renomme,
Poème sans pareil, dicté par un seul homme,
Pour cent mille soldats écrit pendant vingt ans,
Poème merveilleux, su de l'Europe entière,
Toi dont les arts ont fait une épopée en pierre,
   Lecture éternelle des temps !

Plonge profondément tes pieds forts dans la terre,
Sois ferme ! porte haut ta tête militaire,
Sois grand ! éblouis l'œil et rends l'esprit penseur !
Des splendeurs d'autrefois qu'un reflet t'environne !
Dans ta majesté mâle égale la Colonne,
   Ta fière et gigantesque sœur !

Vous êtes bien tous deux enfants du même père,
Vous deux nés de la gloire en un temps plus prospère,
A rappeler son nom c'est vous qu'il destinait ;
De sa force la vôtre est la digne héritière,

Oh ! vous faites bien voir votre origine altière ,
Personne ne vous méconnaît !

Il eut un autre enfant , mais de chair périssable ,
Qui du mal de la mort , en nous inguérissable,
S'éteignit , faible écho de son nom souverain...
Comme Epaminondas , Leuctres et Mantinée ?
Il ne laisse après lui que vous seuls pour lignée :
Il revit de pierre et d'airain.

BOULAY-PATY.

><><><><

LE RETOUR.

Sire , vous reviendrez dans votre capitale,
Sans tocsin, sans combat, sans lutte et sans fureur ,
Traîné par huit chevaux , sous l'arche triomphale,
En habit d'empereur !

Par cette même porte , où Dieu vous accompagne ,
Sire , vous reviendrez sur un sublime char ,
Glorieux , couronné, saint comme Charlemagne
Et grand comme César.

Sur votre sceptre d'or qu'aucun vainqueur ne foule ,
On verra resplendir votre aigle au bec vermeil ,
Et sur votre manteau vos abeilles en foule
Frissonner au soleil.

Paris sur ses cent tours allumera des phares ;
Paris fera parler toutes ses grandes voix ;
Les cloches, les tambours, les clairons , les fanfares,
Chanteront à la fois !

Joyeux comme l'enfant quand l'aube recommence ,
Emu comme le prêtre au seuil du lieu sacré ,
Sire, on verra vers vous venir un peuple immense ,
   Tremblant , pâle , effaré ;

Peuple, qui sous vos pieds mettrait les rois de Sparte ,
Qu'embrase votre esprit, qu'enivre votre nom ,
Et qui flotte , ébloui, du jeune Bonaparte
   Aux vieux Napoléon.

Une nouvelle armée , ardente d'espérance ,
Dont les exploits déjà sèmeront la terreur ,
Autour de votre char criera : Vive la France ,
   Et vive l'Empereur !

En vous voyant passer , ô chef du grand empire !
Le peuple et les soldats tomberont à genoux ;
Mais vous ne pourrez pas vous pencher pour leur dire :
   Je suis content de vous ! »

Une acclamation douce, tendre et hautaine,
Chant des cœurs , cri d'amour où l'extase se joint ,
Remplira la cité ; mais, ô grand capitaine !
   Vous ne l'entendrez point !

De sombres grenadiers , vétérans qu'on admire,
Muets, de vos chevaux viendront baiser les pas ;
Ce spectacle sera touchant et beau ; mais , Sire ,
   Vous ne le verrez pas !

Car, ô géant ! couché dans une ombre profonde ,
Pendant qu'autour de vous, comme autour d'un ami ,
S'éveilleront Paris et la France et le monde ,
   Vous serez endormi.

Vous serez endormi , figure auguste et fière ,
De ce morne sommeil , plein de rêves pesans ,

Dont Barberousse, assis sur sa chaise de pierre,
    Dort depuis six cents ans ;

L'épée au flanc, l'œil clos, la main encore émue
Par le dernier baiser de Bertrand éperdue,
Dans un lit, où jamais le dormeur ne remue,
    Vous serez étendu !

Pareil à ces soldats qui, devant cent murailles,
Avaient suivi vos pas, vainqueurs, toujours debout,
Et qui, touchés un soir par le vent des batailles,
    Se couchaient tout-à-coup !

Leur attitude grave, altière, armée encore,
Ressemblait au sommeil et non point au trépas,
Mais la diane, hélas! cette voix de l'aurore,
    Ne les réveillait pas !

Si bien que, vous voyant glacé, dans son délire,
Et tel qu'un dieu muet qui se laisse adorer,
Ce peuple, ivre d'amour, venu pour vous sourire,
    Ne pourra que pleurer !

Sire, en ce moment-là vous aurez pour royaume
Tous les fronts, tous les cœurs qui battront sous le ciel ;
Les nations feront asseoir votre fantôme
    Au trône universel !

Les poètes divins, élite agenouillée,
Vous proclameront grand, vénérable, immortel,
Et de votre mémoire, injustement souillée,
    Redoreront l'autel.

Les nuages auront passé dans votre gloire;
Rien ne troublera plus son rayonnement pur ;
Elle se posera sur toute votre histoire
    Comme un dôme d'azur.

Vous serez pour tout homme une âme grande et bonne,
Pour la France un proscrit magnanime et serein,
Sire, et pour l'étranger, sur la haute colonne,
　　　Un colosse d'airain.

Vous cependant, tandis qu'une pompe sacrée
Mènera par la ville un cortége inouï,
Et que tous croiront voir revivre à votre entrée
　　　Un monde évanoui;

Tandis qu'on entendra, près du dôme, où des ombres
Gardent tous les grands noms dont Paris se souvient
Rugir les vieux canons comme des dogues sombres
　　　Quand le maître revient;

Tandis que votre nom, devant qui tout s'efface,
Montera vers les cieux, puissant, illustre et beau,
Vous sentirez ronger, dans l'ombre, votre face
　　　Par le ver du tombeau!...

Rien n'est complet; à tout il manque quelque chose.
L'homme a le pilori, l'ombre a l'apothéose.
Ces héros sont trop grands! un même sort les suit.
Hélas! tous les Césars et tous les Charlemagnes
Ont deux versants, ainsi que les hautes montagnes,
D'un côté le soleil, et de l'autre la nuit!

Victor Hugo.

POÉSIE DOMESTIQUE.

A UN NOUVEAU NÉ.

I.

C'est aujourd'hui ton saint baptême,
    Heureux enfant !
De l'originel anathême
    Il te défend.

Ton aveugle raison l'ignore,
    Bouton fermé
Qu'on arrose, et qui doit éclore
    Tout parfumé.

7

A ta mère, joyeux de naître,
    Tu tends les bras;
Bientôt, venant à la connaître,
    Tu l'aimeras;

Plus tard, ouvrant ton aile blonde,
    Jeune vainqueur,
Tu t'échapperas dans le monde
    L'espoir au cœur.

II.

Le monde est grand, et l'âme humaine
    Plus grande encor,
Elle a l'infini pour domaine;
    Dieu pour trésor;

Aux flots troublés elle s'abreuve
    Un seul été,
Puis, après la rapide épreuve,
    L'éternité!

L'éternité! gouffre des âmes
    Où tout se fond;
Fleuve de lumière... ou de flammes,
    Sans bords ni fond;

Des intarissables délices
    Centre divin,
Ou cercle immense de supplices
    Tournant sans fin,

Selon qu'on a suivi la route
    De l'humble foi,
Ou l'oblique sentier du doute,
    Ivre de soi;

Selon qu'en passant sur la terre
          On a marché
Avec la vertu salutaire
          Ou le péché,

Selon qu'on a trempé sa vie
          De charité,
Ou qu'on eut de peine et d'envie
          Le cœur gâté;

Selon qu'on vit à notre table
          Le pauvre admis,
Ou notre vengeance intraitable
          Aux ennemis.

Ne voyons que la différence
          Du mal au bien,
Et non la joie et la souffrance,
          Qui ne sait rien;

Car au sein de la nuit suprême
          Quand nous tombons,
Un cri descend, pour tous le même :
          Fûtes-vous bons?

III.

Cependant, par l'eau du baptême
          Le front lavé,
De l'originel anathème,
          Enfant sauvé,

Reprends les baisers de ta mère,
          Son lait aussi;
Joue et souris... la coupe amère
          Est loin d'ici.

Dieu, qui bénit tes deux familles
De plus en plus,
Eut toujours leurs fils et leurs filles
Dans ses élus.

Enfant, pour rester sous sa garde
Et dans sa loi,
Lorsque tes yeux verront, regarde
Autour de toi !

EMILE DESCHAMPS.

>o<>o<>o<

L'OREILLER D'UNE PETITE FILLE.

Cher petit oreiller, doux et chaud sous ma tête,
Plein de plume choisie, et blanc, et fait pour moi !
Quand on a peur du vent, des loups, de la tempête,
Cher petit oreiller, que je dors bien sur toi !

Beaucoup, beaucoup d'enfants, pauvres et nus, sans mère,
Sans maison, n'ont jamais d'oreiller pour dormir ;
Ils ont toujours sommeil. O destinée amère !
Maman, douce maman ! cela me fait gémir.

Et quand j'ai prié Dieu pour tous ses petits anges
Qui n'ont pas d'oreiller, moi, j'embrasse le mien.
Seule dans mon doux nid, qu'à tes pieds tu m'arranges,
Je te bénis, ma mère, et je touche le tien !

Je ne m'éveillerai qu'à la lueur première
De l'aube au rideau bleu ! c'est si beau de la voir !
Je vais dire tout bas ma plus tendre prière :
Donne encore un baiser, douce maman ! bonsoir !

PRIÈRE.

« Dieu des enfants ! le cœur d'une petite fille,
Plein de prière... (écoute) est ici sous mes mains ;
On me parle toujours d'orphelins sans famille :
Dans l'avenir, mon Dieu, ne fais plus d'orphelins.

» Laisse descendre, au soir, un ange qui pardonne
Pour répondre à des cris que l'on entend gémir.
Mets, sous l'enfant perdu que la mère abandonne,
Un petit oreiller qui le fera dormir ! »

Mme VALMORE DÈSBORDES.

LA CHANSON DE LA NOURRICE.

Pour guerroyer chez l'infidèle,
Tous nos paladins sont armés ;
Gaston quitta la jeune Iselle,
Dont il avait les yeux charmés,
    Dormez.
Qu'elle en pleura, la pauvre jouvencelle
Dormez, Mary, dormez, ma belle,
Dormez, la petite, dormez.

Un an passé, point de nouvelle ;
Pour Gaston que de vœux formés !
Serait-ce qu'une mort cruelle
A tranché des jours tant aimés ?
    Dormez.
Qu'elle en frémit, la pauvre jouvencelle !
Dormez, Mary, dormez, ma belle,
Dormez, la petite, dormez.

Voilà soudain qu'entend Iselle
Bruits effrayants partout semés ;
Le sable du désert recelle
Les os des preux les plus famés.
Dormez.
Qu'elle en mourut, la pauvre jouvencelle !
Dormez, Mary, dormez.
Dormez, la petite, dormez.

Le lendemain Gaston, fidèle,
Arrive aux lieux tant réclamés.
Rendez, rendez-moi mon Iselle,
Murs jaloux qui la renfermez.
Dormez.
Elle n'est plus, ta pauvre jouvencelle !
Dormez, Mary, dormez, ma belle,
Dormez, la petite, dormez.

CHARLES NODIER.

LE GRAND LIT.

Calme ce flot nouveau qui bouillonne et pétille,
Ce vif argent qui court et qu'on ne peut saisir ;
Dans ton lit, doucement, reste, ma bonne fille ;
Reste, pour me faire plaisir,

Sous ces tissus mœlleux et repliés en quatre
Il fait chaud ! mais dehors gronde le vent d'hiver.
Ecoute : l'entends-tu qui tourmente et fait battre
Chaque volet qu'il trouve ouvert ?

Sur la neige, en sifflant, son aile se promène ;

Il cache le gazon sous un réseau fatal ;
Puis, sur l'eau d'un bassin, va, de sa froide haleine,
    Souffler des lames de cristal.

Oh ! si tes petits pieds perçaient la couverture !
Si sur les bords du lit tu rejetais tes bras !
Le froid mord, mon enfant ! cuisante est sa morsure :
    Sois immobile sous tes draps !

Naguère, — souvenir dont s'émeut ma tendresse ! —
A l'heure où les enfants, chérubins endormis,
Recueillent sur leur front la dernière caresse,
Et quittent le salon, de mains en mains transmis,
Pour ta retraite, à toi, quelle affaire à conduire !
Petite diplomate, habile à nous séduire.
Tu savais amuser, prier, parlementer ;
De puissance à puissance il fallait discuter.
Après des *si*,... des *mais*,... des délais et des pauses,
Il fallait un traité dont tu dictais les clauses ;
Tu trouvais à ton gré ton berceau trop petit,
Et tu voulais du moins coucher dans le grand lit !

. . . .

Calme ce flot mouvant qui bouillonne et pétille,
Ce vif argent qui court et qu'on ne peut saisir ;
Dans ton lit, doucement, reste, ma bonne fille ;
    Reste, pour me faire plaisir !

                       E. ORTOLAN.

                         ◦◦◦◦◦

A UNE PETITE FILLE.

Toute petite fille, à peine d'une année,
Dors tranquille... Au chevet de ta couche, inclinée,

Ta mère veille, enfant ; ta mère, vois-tu bien,
C'est ton Dieu créateur, c'est ton ange gardien !
Pendant ton doux sommeil, pour elle la première
De ton bégayement compose une prière ;
Dis lui grâce et merci, d'abord pour son amour,
Pour ses yeux qui pleuraient en te mettant au jour,
Pour son sein qui neuf mois t'a préparé la vie,
Pour le lait de ton cœur dont elle t'a nourrie.
Après tant de bienfaits, pour son remercîment,
Elle n'attend qu'un mot de ta bouche : Maman.
Ce mot, tu le diras, et même avant ton père,
Enfant, à ton réveil, tu nommeras ta mère !

Ta mère ! en ce moment, si tu pouvais la voir
S'admirant en sa fille, ainsi qu'en un miroir,
Avide, et de tes traits contemplant l'espérance,
Sourire de bonheur, et se dire d'avance :
Qu'elle sera jolie !... Oui, son œil enchanté
De tes yeux demi-clos devine la beauté ;
Ta bouche, elle la voit déjà rose et rieuse,
Fredonnant le refrain d'une chanson joyeuse ;
Elle voit, à travers tes lèvres de corail,
De tes deux jeunes dents croître le pur émail,
Elle voit de tes cils l'auréole soyeuse,
Ainsi que le duvet d'une rose mousseuse,
Ombrager ta paupière ; elle voit sous ses mains
Ondoyer à longs flots tes beaux cheveux châtains,
Elle voit de ton front la blancheur innocente
Rougir en réflétant ton âme transparente,
Et déjà, dans sa joie, elle voudrait vieillir,
Et, riche du présent, rêve encor l'avenir !...

Oh ! c'est qu'elle n'a pas, comme les autres mères,
Une peur qui fait ombre aux plus douces chimères ;
C'est qu'elle peut dormir dans ses rêves d'amour,
Et croire au lendemain, aussi beau que le jour ;
C'est, quand elle te dit, jeune rose, d'éclore,
Qu'une étoile d'en haut protége ton aurore,
C'est qu'à ses yeux toujours le ciel apparaît pur,
Quand de ses profondeurs elle sonde l'azur ;
C'est qu'elle pent te voir à ta seizième année,
Avec tous les attraits, la grâce, la douceur...
C'est qu'elle peut te voir... en regardant ta sœur !

CAMILLE DOUCET.

LA BONTÉ DE DIEU.

POUR qu'on ne doutât point de sa bonté profonde,
Dieu, qui ne fit rien naître aux limites du monde,
Ni la fleur, ni le fruit, ni le riant gazon,
D'une terre animée admirable toison,
Voulut donner à l'homme, exilé sur ces glaces,
Le plus beau des étés, le plus fécond en grâces,
Ce qui tient lieu de fleur et du fruit le plus doux :
Un enfant qui l'embrasse et rit sur ses genoux.

LÉON GOZLAN.

A UNE PETITE AMIE.

QUOI ! ni mon front penché sous la mélancolie,
Ni le nombre de jours que Dieu mit entre nous,

Quoi ! rien ne vous fait peur, ô Sylphide jolie ?
        Volage enfant, m'aimeriez-vous ?
Toujours courant vers moi, m'arrêtant au passage.

Les yeux, les mains en l'air, vous sautez en criant ;
Je m'incline, et je sens sur mon triste visage
        Votre visage si riant.

J'aime les gais souhaits de votre âme crédule,
Vos aveux transparents comme un calme ruisseau
Votre souffle est de rose, et votre voix module
        Comme un petit gosier d'oiseau.

Je ne sais quel parfum de joie et de mystère
Réveille dans mon cœur un enfant gracieux.
Ses baisers sont si purs ! — Les enfants, sur la terre,
        Font rêver aux anges des cieux !

Oh ! je veux être enfant ! Jouons, jouons encore ;
Rions, chantons tous deux, tous deux faisons du bruit ;
Jeune étoile, brillez, que votre fraîche aurore
        Rayonne dans ma sombre nuit (*).

Encor quelques retours de neige et de zéphire,
Vos yeux scintilleront de feux plus séduisants ;

(*) L'auteur, pauvre orphelin, né à Messine, et porté, de malheurs en malheurs, dans notre France hospitalière, s'est vu, pour dernière infortune, frappé de cécité à l'âge de 11 ans, lorsque déjà se développaient en lui les plus merveilleuses dispositions pour la peinture. Aujourd'hui, jeune encore, sans moyens d'existence, retiré dans la petite ville de Buge, en Périgord, il demande à la poésie des consolations à toutes ses misères, et, ne pouvant plus être peintre, il est devenu poète. Voyez ci-après les pièces intitulées SOUVENIRS D'ENFANCE ET CE QUI ME RESTE.

Serez-vous plus heureuse? hélas! je le désire!
Qui n'a pleuré ses premiers ans?

LAFON LABATUT.

>o< -o<>o<

UN ENFANT A SA MÈRE.

Qui m'a couvé neuf mois dans son sein gros d'alarmes?
Qui salua ma vie avec des pleurs joyeux?
Qui, sous ses longs baisers éparpillait mes larmes?
C'est ma mère! Une mère, en ses bras pleins de charmes,
Nous reçoit tout tremblants quand nous tombons des cieux!

Qui relevait mes pas quand je rampais à terre,
Forte de son sourire où s'arrêtaient mes pleurs?
Sa bouche sur ma bouche, oh! qui me faisait taire?
C'est ma mère! Une mère, avec un saint mystère,
Enveloppe nos cris dans ses chants ou ses fleurs!

Qui soutenait ma tête et retenait ma vie
Quand mon berceau brûlait de mes fièvres d'enfant?
Qui promettait le monde à ma rêveuse envie?
C'est ma mère! Une mère à tout heure est suivie
D'un ange à la main pleine, au rire triomphant!

Qui, lorsque l'insomnie ouvrait mes yeux dans l'ombre,
Me faisait des tableaux plus doux que le sommeil?
Qui m'apprenait que Dieu veille dans la nuit sombre?
C'est ma mère! Une mère a des secrets sans nombre,
Pour délecter notre âme à l'heure du réveil.

Quand elle eut délié ma langue à la prière,
Qui battait la mesure à mes douces chansons?

Sur mon livre muet qui versa la lumière?
C'est ma mère! Une mère ouvre notre paupière;
Au feu de ses regards, moi, j'ai lu mes leçons!

Quand elle vieillira... Dieu! n'est-ce pas un rêve?
Elle a dit qu'elle aura bientôt des cheveux blancs;
Quelle s'inclinera comme un jour qui s'achève,
Cette mère! A son cœur nous prenons tant de sève!
Dis, que ce sera triste à voir ses pas tremblants!

Si tu veux, nous irons où l'on trouve des roses,
Pour lier une fleur à chacun de ses jours;
Nous irons dans un bois sombre et loin, si tu l'oses,
Et nous la retiendrons par tant de belles choses,
Qu'à force d'être heureuse elle vivra toujours!

Mme VALMORE-DESBORDES

⋙⋘

LA VOIX D'UNE MÈRE.

Enfant, qui seras femme,
N'ouvre jamais ton âme
Qu'aux modestes vertus;
Que ta charité sainte
Berce et calme la plainte
Des esprits abbattus!

Que ta pure espérance
Relève la souffrance;
Que ton hymne de foi,
Comme une chaste offrande,
Monte au ciel et répande
La paix autour de toi.

Sois l'ange qui console ;
De ta douce parole
Prodigue le secours ;
Au malheur tends l'oreille,
Près du malade veille,
Et près du pauvre accours.

Travaille, prie et chante !
Le travail t'ennoblit,
La foi te rend touchante,
La gaîté t'embellit.

Et si Dieu t'a douée
D'un esprit noble et grand,
Sois humble et dévouée,
Sois belle en l'ignorant.

Laisse à l'homme la gloire,
Les triomphes, le bruit ;
Pour nous, aimer et croire
Au bonheur nous conduit.

Coule une vie obscure
Que le devoir remplit :
L'onde à l'ombre est plus pure,
Rien ne trouble son lit.

Mme LOUISE COLET.

><><><><

LA VOIX D'UN PÈRE.

A d'austères devoirs si long-temps asservie,
Tu franchis donc le seuil d'une nouvelle vie,

Chère enfant, et tu viens, ange envoyé du ciel,
Mêler à notre absinthe un doux rayon de miel ?
Qu'il soit béni l'instant où, dans notre demeure,
Tu rentres pour nous voir te sourire à toute heure,
Pour embellir la joie, émousser les chagrins,
Et des plus sombres jours faire des jours sereins !

Ton front pur où déja s'imprime la pensée,
Ta voix mélodieuse avec goût cadencée,
Ton clavier qui se plaint ou qui rit sous tes doigts,
Tes crayons qui nous font revivre à la fois
La figure qu'on aime et les lieux qu'on regrette,
Vont semer les plaisirs dans notre humble retraite.
Lorsque ton doux regard vient caresser mes yeux,
Je sens glisser l'espoir sur mes traits soucieux,
Tu me fais oublier que la vie est amère,
Et tu rends le sourire aux lèvres de ta mère.

Ma fille, doux trésor qu'un jour on m'enyira,
Qu'aux vœux d'un autre amour mon amour cèdera,
Double, en les savourant, ces heures passagères,
Qui portent le bonheur sur leurs ailes légères,
Car elles fuiront vite, et qui peut être sûr
D'une mer toujours calme ou d'un ciel toujours pur ?

Depuis l'époque heureuse où l'on dit qu'à la femme
Un concile assemblé permit d'avoir une âme,
Sur son destin souvent on a déraisonné,
Et ce vieux texte encor n'est point abandonné.
Ennemis et flatteurs sont entrés dans l'arène :
Tantôt elle est esclave, et tantôt elle est reine ;
De ses mille devoirs l'un fait gronder la voix ;

L'autre brise sa chaîne et fait tonner ses droits!
Je n'irai point ici, censeur atrabilaire,
De mon vers satirique aiguiser la colère,
Imiter Juvénal, parodier Boileau ;
Mais je veux esquisser un rapide tableau,
Ma fille, et devant toi, quand ta raison m'écoute,
Placer quelques jalons pour te montrer la route.

Naguère en remuant les cendres du passé,
Du sillon lumineux que la femme a tracé
Tu suivais les lueurs à travers notre histoire :
Tu voyais son sourire enfanter la victoire ;
Sa blanche main broder les brillants étendards ;
Les moissons de lauriers croître sous ses regards,
Et, guerrier ou trouvère, à son culte fidèle,
L'homme chanter, combattre et triompher pour elle.
Régnant, sans que son règne eût pour soutien les lois,
A de doctes travaux, à d'éclatants exploits
Entraînant le génie ou poussant la vaillance,
Sa parole aiguisait et la plume et la lance :
Noble temps, où ses droits, par les cœurs consacrés,
Vivant dans les hauts faits qu'elle avait inspirés,
Sur son front gracieux assuraient la couronne !
Un diadème est beau quand la gloire le donne.

Bientôt les grands combats des errants paladins
D'une muse railleuse éveillent les dédains :
Don Quichotte est créé ; l'enthousiasme expire !
De la femme, avec lui, va s'écrouler l'empire ?
Non, du manoir gothique, un théorbe à la main
La galante Italie envahit le chemin ;
Aux chants voluptueux, aux magiques féeries

S'ouvrent de toutes parts les sombres galeries ;
Le donjon féodal, rasant ses vieilles tours,
Laisse entrer les Plaisirs conduits par les Amours,
Et souriant aux arts que sa voix fait éclore,
D'un monde rajeuni la femme est reine encore.

Sous le sceptre de fleurs, dans sa main balancé,
En inclinant le front deux siècles ont passé.

Mais le jour est venu de la sanglante orgie ;
La couronne a fait place au bonnet de Phrygie ;
Tout périt, et le trône et les mœurs et les lois !
Que peut pendant l'orage une timide voix ?
Quand gronde l'ouragan sous les vents qui rugissent,
Quand de la vaste mer les flots fouettés mugissent,
L'alcyon éperdu bat de l'aile, et, craintif,
Dans le creux des rochers cache son chant plaintif :
Ainsi le doux langage, arme heureuse des femmes,
Disparaît étouffé sous des clameurs infâmes ;
L'urbanité s'enfuit ; les lettres et les arts
De nos hideux Forums détournent les regards,
Et, dans nos murs de deuil, où le crime s'installe,
Le sceptre tombe aux mains de la force brutale.

Ces temps ont accompli leurs cours ensanglanté,
Mais retrouverons-nous ce qu'ils ont emporté !
Comme un beau lac, battu, roulé par la tempête,
Lorsque des aquilons la colère s'arrête,
A ses eaux, que ternit et souille un sable impur,
Redemande long-temps leur transparent azur,
Nos yeux cherchent encor, après cinquante années,
Ces usages perdus, ces mœurs abandonnées,
Qui, des siècles polis, despotes gracieux,

Au trône de la femme enchaînaient nos aïeux.
L'Angleterre chez nous a jeté ses coutumes,
Ses chambres, son charbon, ses raoûts et ses costumes !...
A la grâce, à l'esprit nos salons sont fermés;
Les hommes, s'entassant dans les clubs enfumés,
Ont fui de la beauté le paisible royaume.
A nos *lions* en frac, que le cigare embaume,
J'ai dit leur fait ailleurs, et si de leurs travers
Les fidèles tableaux ont attristé mes vers,
Il faut bien qu'aujourd'hui d'une juste censure
Les femmes à leur tour subissent la blessure.

Pour ressaisir le sceptre à leurs mains échappé,
Pour rasseoir le bon goût sur son trône usurpé,
Qu'ont-elles fait? Hélas! oserai-je le dire?
Complices des travers qu'il eût fallu proscrire,
Aux usages, aux mœurs du moderne dandy,
A son langage étrange elles ont applaudi;
Ce n'est pas tout. Un jour, lasses de rêver seules
Dans l'élégant boudoir où régnaient leurs aïeules,
Aux jeux d'un autre sexe, à ses bruyants plaisirs
Elles ont demandé d'animer leurs loisirs.
L'hippodrome les voit, fougueuses écuyères,
Bondir en déployant leurs grâces cavalières.
Qui dira les propos de leurs joyeux banquets?
Ce jargon eût jadis fait rougir des laquais:
Qu'importe? Sous leurs doigts l'Aï mousse et pétille,
Et le cigare en feu sur leurs lèvres scintille !
L'Amour, à cet aspect, triste et le front voilé,
Avec son doux cortége, hélas! s'est envolé,
Car aux lieux où sa main tressa tant de couronnes,
Quand il cherche une femme, il trouve des *lionnes*.

Comme un roi n'est plus roi sitôt qu'il s'est courbé,
La femme ainsi s'incline, et son trône est tombé !
En de poudreux chemins laissant son auréole,
Aux hommes que jadis entraînait sa parole,
Elle enlève à jamais le désir généreux
De remonter vers elle, en descendant vers eux.

Eh bien ! si des salons la gloire est éclipsée,
Si, rappelant en vain une cour dispersée,
Les femmes ont vu fuir ce prestige charmant,
Mystérieux pouvoir, irrésistible aimant,
Qui livrait nos aïeux à leur douce magie ;
Si le galant boudoir cède à la tabagie,
Notre époque à la femme ouvre d'autres sentiers,
Et les myrtes pour elles ont fait place aux lauriers.
Le temps n'est plus, du moins, qu'aux travaux de l'aiguille
Un Chrysale enchaînait son épouse et sa fille :
Entre de jolis doigts la lyre et les pinceaux
Ne peuvent désormais irriter que les sots ;
Dans un siècle attristé d'éternelles disputes,
Quand l'homme, usant son âme en de pénibles luttes,
Corrompu, corrupteur, courtisan, citoyen,
A pour but le pouvoir, l'intrigue pour moyen,
Laissons d'aimables voix consoler nos oreilles,
De la femme inspirée encourageons les veilles,
Pour que de doux tableaux, des chants mélodieux,
Charment nos cœurs émus et reposent nos yeux.

Mais celle qui, rêvant une longue mémoire,
A tant d'autres chagrins prétend unir la gloire,
Dans la route fatale avant de s'engager,
Doit savoir que pour elle on doubla le danger,

Qu'en déchirant son voile elle éveille l'envie,
Et qu'un devoir de plus vient peser sur sa vie.
Dieu, qui la fait chanter à travers nos clameurs,
Lui donna le talent pour adoucir les mœurs ;
Il veut que sur les flots, gonflés par nos querelles,
La colombe, planant sans y mouiller ses ailes,
Au pauvre esquif, battu des vents et sans secours,
Porte encore le rameau qui promet les beaux jours.

ANCELOT.

><><><><

SOUVENIRS D'ENFANCE.

VAGUE panorama de marbre et de couleurs...
Des Madones au bout de longs chemins en fleurs,
　　　Un horizon qu'au loin dessine
Une mer où se joue un fidèle soleil...
Serait-ce mon berceau ?... Tout s'efface !... Au réveil
　　　Ma langue murmurait : MESSINE !

Une autre image aussi vint frapper mes regards.
Gibraltar, roc sinistre, à mes songes hagards
　　　Rappelle une pensée amère :
Une femme mourante et me tendant les bras,
Un char où je m'attache à l'essieu. C'est, hélas !
　　　Tout le souvenir de ma mère.

Et cette femme était belle et jeune, et la mort,
Déjà tout en ses traits, n'arrachait nul remord
　　　A sa bouche sitôt pâlie.
Ses yeux à me quitter ne pouvaient consentir ;

Puis elle les levait là-haut comme un martyr
    Peint par sa fervente Italie.

Et cet enfant plaintif dont on retient les pas,
Tout prêt à s'élancer vers le char du trépas
    Qui revient bruire en mon rêve,
C'était moi qui comptais à peine cinq printemps ;
Tels que Dieu les dispense à ces bords éclatants
    D'où le vent du malheur m'enlève.

La peste, affreux corsaire élancé du détroit,
A fait de Gibraltar un cimetière étroit ;
    Triomphant sur la ville prise,
Il arbore au sommet des clochers et du fort
Son pavillon funèbre, épouvantail du port,
    Que secoue une infecte brise.

De leurs foyers éteints d'effarés déserteurs...
Des tentes çà et là s'ouvrant sur les hauteurs
    A l'air moins chaud qu'on y respire...
D'autres sur l'Océan sillonnant un chemin...
Mon père, un vieux soldat, m'entraînant par la main,
    Monte en pleurant sur un navire.

Et le chant maternel qui m'endormait cessa ;
Et la vague en courroux sur son sein me berça
    Comme une marâtre qui gronde...
Ma mère !... A chaque instant mes cris la demandaient,
Et les pleurs de mon père à mes pleurs répondaient,
    Et le vaisseau fuyait sur l'onde.

Nous la verrons demain, disait-on chaque soir.
Et, dans le somme étrange où je croyais la voir,

Pauvre orphelin, j'allais l'attendre ;
Mais à la Vierge avant, dont elle eut le doux nom,
Je récitais pour elle une ardente oraison
Dans son dialecte si tendre.

Hélas! par le malheur, par les flots balloté,
Mon père enfin m'apprit qu'aux cieux, à son côté,
Elle nous gardait une place,
Et mes regards, errants au monde merveilleux,
Du sentier qu'elle avait suivi dans les champs bleus
Le long du jour suivaient la trace.

J'avais de mon pays perdu l'aspect si beau ;
L'Espagne encore s'éloigne avec le saint tombeau,
Indifférent à cette terre ;
Et toujours vers le sud tournant des yeux en pleurs,
Je vins en frissonnant traîner tant de douleurs
Parmi les brumes d'Angleterre.

La France m'accueillit. Une enfance sans jeux,
Hâtive, m'entraîna vers cet âge orageux
Où les passions brisent l'âme.
Les passions, torrent par les revers glacé,
Toujours inaltérable, en mon cœur ont laissé
Ce pâle visage de femme.

Oui, vingt ans ont coulé pleins de trouble et d'ennuis,
Et dans ces longs moments qu'en mes fiévreuses nuits
L'insomnie au repos dérobe,
Toujours je crois la voir qui de ce char cruel
S'envole, ange ineffable, et me ravit au ciel
Dans les pans d'azur de sa robe !

LAFON LABATUT

L'AMOUR FILIAL.

BEAUX lieux , séjour de l'innocence ,
Où je coule en paix mes loisirs ,
Des jours de mon adolescence
Vous me rendez tous les plaisirs.
Combien votre ombre solitaire
Parle doucement à mon cœur !
Ici , je vis près de mon père ,
Et je crois encor au bonheur.

Chaque matin , avant l'aurore ,
Je viens rêver sous ce berceau ;
Le soir j'y viens rêver encore ,
Et j'y goûte un charme nouveau.
Oui, vous me serez toujours chère ,
Retraite où , seule avec mon cœur ,
Sans trouble, je songe à mon père,
Et peux croire encore au bonheur.

Loin d'un monde vain et frivole .
Je respire ici librement ;
La gloire , mon aimable idole ,
Parfois m'y caresse un moment ;
Parfois sa brillante chimère
Fait doucement battre mon cœur ;
Mais c'est surtout près de mon père
Que je crois encor au bonheur.

MME DUFRENOY.

MA MÈRE.

Aux doux rayons du jour quand s'ouvrit ma paupière ;
Quand des cieux inconnus j'entrevis la lumière,
Quel ange bienfaisant me serra dans ses bras ?
Ma mère !
Quel guide protecteur soutint mes premiers pas ?
Ma mère !

Un jour la Mort auprès de mon berceau,
Terrible, vint s'asseoir. Une main tutélaire
Ecarta le fantôme et ferma le tombeau,
Et ce fut la main de ma mère !
Pendant les longues nuits, endormant mon effroi,
Qui charma mes douleurs et veilla près de moi ?
Toujours ma mère !

Toujours ma mère ! toujours toi !
Tu conservas ma vie, à peine commencée :
Tu me le conservas ce fragile trésor !
Ce présent du Très-Haut que j'ignorais encor,
Tu fis éclore ma pensée.

Un jour le Malheur vint. Je n'avais pas quinze ans.
Son joug de fer pesa sur mes membres tremblants.
Il me dit : « Sois à moi ! Viens ! je serai ton maître !
» Marche sous ce fardeau ! soutiens-le sans gémir !
» Accepte le présent pour dompter l'avenir !
» Ton âme, sous ma loi, s'agrandira peut-être ! »
Je me sentais bien faible, et j'allais succomber.
Quelle voix consolante et chère
Dans ces âpres sentiers m'empêcha de tomber ?
Ta voix, ma mère !

« Sois grand, sois fort, sois bon ! » disait-elle toujours.
　　　　Et mon cœur reprenait courage ;
Et mon frêle radeau, toujours près du naufrage,
　　　　Retrouvait un paisible cours.

J'ai vécu, j'ai souffert. Que d'amitiés perdues !
Que de plaisirs trompeurs, d'idoles abattues !
　　　　Que d'espoirs suivis de regrets !
Que d'amours éternels effacés à jamais !
Que nos secrets pensers alors deviennent sombres !
Notre passé lugubre est jonché de décombres !
Amers ressouvenirs, fantômes disparus,
Illusions qu'on aime et qu'on ne trompe plus,
　　　　Vous aussi, gémissantes Ombres
De nos premiers transports, de nos jeunes vertus !
Avec quel désespoir notre âme vous contemple !
Elle trouve un désert : elle cherchait un temple !

Quel est le souvenir pur, magique, adoré,
Ineffable symbole et talisman sacré
　　　　Qui plane sur tant de ruines ;
Qui couvre l'avenir de ses lueurs divines
　　　　Et qui console du passé ?
　　　　Quel est-il ce mot tutélaire,
Et qui jamais du cœur ne peut être effacé ?
　　　　Ma mère, ma mère !

　　　　　　　　　　PHILARÈTE CHASLES.

>0<<0<>0<

LA MALADIE DE LANGUEUR.

MUSE, qui d'un regard honoras mon berceau,
Que je veux invoquer jusqu'au bord du tombeau,

Viens, oh ! viens ; de tes sœurs emprunte tous les charmes.
Vous avez, je le sais, essuyé bien des larmes ;
Vous avez soutenu des grands dans leurs revers ,
Des sages dans l'exil et des rois dans les fers !
Pour des maux plus cruels aurez-vous un remède ?
Voyez ce malheureux que votre amour possède ;
Jeune encore, et déjà de langueur accablé,
Loin de vos bois chéris ses maux l'ont exilé.
Souvent son sang s'allume, et son œil étincelle :
Il prend encore son luth , mais sa force infidèle
De son enthousiasme a trahi les élans.
Ainsi le voyageur, dans des déserts brûlants ,
Couché près d'une source où sa soif peut s'éteindre ,
Dans d'impuissants efforts meurt sans pouvoir l'atteindre,
Adieu, plaisirs divins ! adieu, charmants accords !
Qui de son âme ardente enflammiez les transports !
Adieu , chères erreurs ! adieu, douce fumée ,
Songe de l'avenir, gloire , éclat, renommée,
Noble orgueil du talent qui croit sentir son prix !
Et vous, ô ses travaux, vainement entrepris !
On arrache sa lyre à sa main affaiblie,
Et pour sauver ses jours on veut qu'il les oublie.
Eh ! que lui font sans vous ses jours infortunés,
Dans l'éternelle nuit en silence entraînés ?
Lâches avis ! Non , non, qu'il brille et se consume !
C'est pour périr bientôt que le flambeau s'allume ;
Mais il brille un moment sur les autels des dieux. '

Voyez, quand le trépas va lui fermer les yeux,
Ce fils de qui l'on veut écarter une mère,
Contre son sein mourant il la tient , il la serre.
Il lui sourit encore , et tranquille en ses bras ,

De la mort qui s'avance il n'entend plus les pas :
Tel l'enfant d'Apollon, près de la rive sombre,
Embrasse encor la gloire, et s'attache à son ombre.
Fuyez, soucis cruels ; fuyez, noires terreurs ;
Laissant à l'harmonie endormir ses douleurs,
Il veut, les yeux fixés sur les fleurs de la rive,
Livrer au fier torrent sa barque fugitive,
Et dans l'abîme affreux mollement descendu,
Y disparaître enfin sans l'avoir aperçu.
Sous ses doigts défaillants, à l'instant qu'il expire,
Un son mélodieux anime encore sa lyre,
Et, bercé par la muse à son dernier moment,
Dans des rêves de gloire il s'endort doucement.

Ainsi, près des autels, de festons couronnée,
La tranquille victime aux Muses destinée,
Regardant sans effroi les sacrificateurs,
Tombe au milieu des chants, de l'encens et des fleurs.
Tel l'immortel oiseau de l'heureuse Arabie,
Lorsque pour la reprendre il va quitter la vie,
Se compose à lui-même un bûcher parfumé,
Où des feux du soleil sans douleur consumé,
Il renaît tout-à-coup de ses cendres fumantes,
Et dans des tourbillons de flammes odorantes,
Rajeuni par la mort, brillant et glorieux,
Il fuit loin de la terre, et se perd dans les cieux.

CHARLES LOYSON.

L'EXTRÊME ONCTION A HUIT ANS.

J'ÉTAIS sur mon lit de souffrance,
Mon lit de mort; j'avais huit ans.
Tous pleuraient : moi, dans ces instants,
    Mon espérance,
Pour les cieux, c'était de partir
    Comme un martyr.

Je disais, je me le rappelle :
— « A la porte on m'exposera,
D'eau bénite on m'arrosera
    Dans la chapelle
Blanche comme une fille aux jours
    Des grands atours.

Le recteur aura son étole,
On verra le cierge briller,
Et mes amis, avant d'aller
    A notre école,
En enfants de chœur s'en viendront
    Et chanteront.

» Ils me mènent au cimetière. —
J'y serai sous ce houx si vieux
Où nous nous amusions le mieux,
    Près d'une pierre,
Où le bon soleil qui luira
    Me chauffera.

« Le recteur a dit qu'un prophète
Avait prédit le Jugement ;
Je l'attendrai patiemment ;

Comme une fête,
Pour que l'archange Raphaël
M'emporte au ciel. »

Je parlais, quand je vis paraître
Un saint au chevet de mon lit,
Attentif comme quand on lit:
          C'était un prêtre,
Je voyais flotter les grands plis
          De son surplis.

Il disait d'une voix profonde
Des prières pour m'apaiser,
Et je crois, pour exorciser
          L'esprit immonde.
Du paradis, j'étais bien sûr...
          J'étais si pur !

Puis, avec de l'huile divine,
Il fit l'image de la croix
Sur mes yeux, ma bouche; mes doigts,
          Sur ma poitrine,
Et je voyais les cieux s'ouvrir :
          — J'allais mourir. —

Je disais : — « Que la cathédrale
Là-haut doit être belle à voir !
Il doit être d'or, l'encensoir,
          Et l'on étale
De bien belles fleurs sur l'autel
          De l'Immortel.

« Les apôtres, les vierges, calmes
Y sont, et n'ont plus rien d'humain,

Et tous les martyrs, à la main
     Tenant des palmes,
Forment de radieux jardins
     Sur les gradins.

» Les saints, les anges, les archanges,
Sont autour de l'autel qui luit
Comme à la messe de minuit,
     Pleins de louanges,
Car les anges sont du Seigneur
     Enfants de chœur. »

Ainsi voyant des cieux sans nombre,
Reflets d'azur et de vermeil,
Je m'endormis, et le sommeil
     Vint comme une ombre;
Et puis, au réveil, je me dis :
     — Mon paradis?

Je vis encore et vis sans crainte :
J'ai reçu la communion
Et le baptême et l'onction,
     L'onction sainte.
Je puis mourir sans autre apprêt :
     Je suis tout prêt.

                ERNEST FOUINET.

L'ENFANT MORT.

DIEU de bonté qui me l'aviez donnée,
De vos bienfaits ai-je donc vu la fin ?
Sur son berceau sa mère infortunée
Pleure déjà cette fleur du matin.

Quoi je te perds! quoi, ta course est remplie!
A peine un jour avait marqué ton sort
Entre les pleurs que me coûte ta mort
Et les douleurs que m'a coûté ta vie.

Mais dois-je encor écouter mes regrets?
D'un meilleur monde immortelle héritière,
Tu t'affranchis au seuil de ta carrière;
Mon deuil commence, et déjà tu renais.

En rejetant la coupe de la vie,
De ce séjour tu détournas les yeux;
Ton esprit pur, impatient des cieux,
Redemanda sa divine patrie.

Mourir enfant, c'est tromper le malheur,
C'est échapper à l'humaine faiblesse :
Le frais bouton qui sèche avant la fleur
De ses parfums conserve la richesse.

MME DE VANNOZ.

⚜

L'ENFANT RESSUSCITÉ.

A l'heure où, sous le chaume, à sa table frugale
S'assied le laboureur au chant de la cigale,
Jeanne d'Arc, au milieu de cinq cents palefrois,
Sur un des coursiers blancs qu'on réservait aux rois,
Par la porte de l'Est, de ses armes couverte,
Entra dans Orléans, cité de Sainte-Euverte.
— « Guidez-moi, dit la vierge, à son autel aimé. »

Dans un cercueil où brûle un cierge parfumé,
On y portait alors la dépouille récente

D'un petit enfant mort depuis l'aube naissante.
Humble était le cortége, il ne se composait
Que d'une femme en deuil qu'un prêtre conduisait.
Des mauves d'un bleu pâle et des fleurs de murailles
D'une guirlande triste ornaient les funérailles,
Car le printemps, si fier au loin de ses couleurs,
Dans les murs assiégés n'avait pas d'autres fleurs.

Or cette femme était la mère désolée
D'un enfant qu'on allait porter au mausolée.
On voyait qu'elle avait, dans son chagrin croissant,
Passé beaucoup de nuit près de l'agonisant,
Et qu'il ne lui restait, pauvre mère en prière,
Que la force d'aller jusques au cimetière.

Avant de pénétrer dans le funèbre enclos,
On entra dans l'église, et là, d'autres sanglots,
De ces sanglots profonds que les mères qui pleurent
Arrachent de leur sein lorsque les enfants meurent,
S'entendirent au loin, et les saints de granit
En furent attristés sur leur socle bénit.
La femme se traînant, tremblante de la fièvre,
Et puis s'agenouillant sur le marbre glacé,
Fit entendre, en ces mots, sa plainte au trépassé.

  » Il a trouvé la vie amère,
Il s'en est détourné presqu'au premier instant ;
   Mon fils n'avait connu pourtant
   Que le sourire de sa mère.
   Le prêtre me l'avait béni,
   Pour qu'il ne mourût pas encore.
Pauvre petit oiseau qui tombe de son nid.

A peine au lever de l'aurore !

Oh ! pourquoi s'éloigner de nous ?

Pourquoi me précéder où je devais l'attendre ?

Trouvera-t-il au ciel une mère plus tendre

Pour le bercer sur ses genoux ?

» J'ai vu mon fils couvert d'une pâleur subite

Défaillir sur le sein qui l'avait allaité ;

Le lis se fane ainsi malgré sa pureté,

Malgré la douce paix du vallon qu'il habite.

O mon Dieu ! vous étiez jaloux

Qu'une mère fût tant heureuse.

Trop de félicité nous éloigne de vous ;

Et, sous mon paradis, une fosse se creuse !

» Mon cœur est mis dans le linceul

De mon premier-né qu'on enterre ;

O mon fils ! tu n'es pas mort seul,

Quoique je reste sur la terre !

Car je vivais pour t'adorer ;

L'ange qui t'avait sous sa garde

De tous les dons du ciel aimait à te parer :

Les enfants que la mort regarde

Ont un charme qui fait pleurer.

» Tout mon bonheur a pris la route de ton âme.

J'avais supplié Notre Dame

De veiller long-temps sur ton sort,

Tu viens d'expirer dans ma couche ;

Le baiser du départ est resté sur ma bouche,

Froid comme le doigt de la mort.

Durant cette vie éphémère,

Je me ressouviendrai de ton dernier adieu,

Oh ! que les baisers de ta mère
T'arrivent dans le sein de Dieu.

» Je passerai des nuits entières
A dire pour toi des prières,
Sous les ifs penchés du coteau,
Comme une fleur des champs ton front s'incline et tombe.
Ma vie était près d'un berceau,
Elle sera près d'une tombe.
Et puisque ta jeune âme erre au sein des élus,
Mes yeux, levés au ciel, ne se baisseront plus.

» Je n'avais qu'un espoir, le cercueil le dévore !...
Mes songes seront tout mon bien,
Ils me rendront mon fils. Mais non... à chaque aurore
Il faudrait dans mon cœur, qu'il expirât encore :
Plus de sommeil pour moi, s'il ne ressemble au sien !

Tous les cœurs sont émus de cette plainte amère.
La Vierge aborde, en pleurs, l'inconsolable mère :
» Ce jour de délivrance a du bonheur pour tous,
» Pauvre mère, dit-elle, il en aura pour vous. »
Vers l'autel, à ces mots, la Vierge agenouillée
Touche le front du mort, la guirlande effeuillée,
Et promenant trois fois, sur le cercueil glacé,
Le romarin bénit, dans ses mains balancé :
« L'enfant que vous pleurez n'est pas mort... il sommeille.
» Cherchez son cœur, il bat ; sa bouche, elle est vermeille ;
» Ses yeux... sous vos baisers ils s'ouvrent à demi.
» Reprenez votre enfant, qui n'était qu'endormi.
» Moi, je viens, annonçant l'heure de délivrance,
» Ainsi que cet enfant, ressusciter la France,

8

» La France déchirée à son dernier lambeau,
» L'esclavage est plus dur que le poids d'un tombeau. »
Elle dit ; et l'enfant, que le peuple environne,
Encor, dans le cercueil, joue avec sa couronne.

ALEXANDRE SOUMET.

>o<>&<>o<

MON FILS EST LA.

LE VOYAGEUR.

DANS cette riante prairie,
Auprès de ce tertre de fleurs,

Quelle est cette femme jolie
Dont les yeux sont mouillés de pleurs?
« De tes douleurs quelle est la cause ?

LA MÈRE.

» Mes pleurs, rien ne les tarira !
Tu vois ce tertre que j'arrose...
    Mon fils est là !

» Cette rose qui, d'elle-même,
Vient de naître sur un tombeau,
Me retrace ce fils que j'aime ;
Vois, hélas ! comme il était beau !
Cette fraîcheur, c'était la sienne ;
Son teint si vermeil, le voilà ;
Ce parfum, c'est sa douce haleine...
    Mon fils est là !

» Que la fortune moins jalouse,
Jeune étranger, comble tes vœux !
Que le sort te donne une épouse,

Et que ton fils ferme tes yeux !
Moi, cette fleur que je protége
Chaque matin me reverra.
En d'autres lieux que deviendrais-je ?...
        Mon fils est là ! »

Le voyageur, vers l'autre année,
Revint comme un ancien ami.
La rose, hélas ! était fanée...
Le tertre s'était agrandi...
Lors s'informant de l'étrangère,
Le pasteur qu'il interrogea
Lui dit en lui montrant la terre :
        « Tous deux sont là ! »

                    EUGÈNE SCRIBE.

><><><><><

LA MORT DU CURÉ DE VILLAGE.

Son visage était calme et doux à regarder,
Ses traits pacifiés semblaient encor garder
La douce impression d'extases commencées ;
Il avait vu le ciel déjà dans ses pensées,
Et le bonheur de l'âme en prenant son essor,
Dans son divin sourire était visible encor.
Un drap blanc, recouvert de sa soutane noire,
Parait son lit de mort ; un crucifix d'ivoire
Reposait dans ses mains sur son sein endormi,
Comme un ami qui dort sur le cœur d'un ami,
Et, couché sur les pieds du maître qu'il regarde,
Son chien blanc, inquiet d'une si longue garde,
Grondait au moindre bruit, et, las de le veiller,
Écoutait si son souffle allait le réveiller.

Près du chevet du lit, selon le sacré rite,
Un rameau de buis sec trempait dans l'eau bénite,
Ma main avec respect le secoua trois fois,
En traçant sur le corps le signe de la croix.
Puis je baisai les pieds et les mains ; le visage
De l'immortalité portait déjà l'image,
Et déjà sur ce front, où son signe était lu,
Mon œil respectueux ne voyait qu'un élu.
Puis, avec l'assistant disant les saints cantiques,
Je m'assis pour pleurer près des chères reliques,
Et priant et chantant et pleurant tour à tour,
Je consumai la nuit et vis poindre le jour !

Près du seuil de l'Eglise, au coin du cimetière,
Dans la terre des morts nous couchâmes la bière ;
Chacun des villageois jeta sur le cercueil
Un peu de terre sainte en signe de son deuil ;
Tous pleuraient en passant et regardant la tombe
S'affaisser lentement sous la cendre qui tombe ;
Chaque fois qu'en tombant la terre retentit,
De la foule muette un sourd sanglot sortit.
Quand ce fut à mon tour : « O saint ami, lui dis-je,
» Dors ! ce n'est pas mon cœur, c'est mon œil qui s'afflige.
» En vain je vais fermer la couche où te voilà,
» Je sais qu'en ce moment mon ami n'est plus là ;
» Il est où ses vertus ont allumé leur flamme !
» Il est où ses soupirs ont devancé son âme ! »
Je dis ; et tout le soir, attristant ces déserts,
La cloche en gémissant le pleura dans les airs ;
Et mêlant à ses glas des aboîments funèbres,
Son chien, qui l'appelait, hurla dans les ténèbres.

DE LAMARTINE.

L'ANNIVERSAIRE.

HÉLAS ! après dix ans je revois la journée
Où l'âme de mon père aux cieux est retournée.
L'heure sonne, j'écoute... O regrets ! ô douleurs !
Quand cette heure eut sonné, je n'avais plus de père :
On retenait mes pas loin du lit funéraire ;
On me disait : « Il dort ; » et je versais des pleurs.

Mais du temple voisin quand la cloche sacrée
Annonça qu'un mortel avait quitté le jour,
Chaque son retentit à mon âme navrée ,
    Et je crus mourir pour toujours,

Tout ce qui m'entourait me racontait ma perte :
Quand la nuit dans les airs jeta son crêpe noir,
Mon père à ses côtés ne me fit plus asseoir,
Et j'attendis en vain, à sa place déserte ,
Une tendre caresse et le baiser du soir.

    Je voyais l'ombre auguste et chère
    M'apparaître toutes les nuits ;
    Inconsolable en mes ennuis ,
Je pleurais tout le jour, même auprès de ma mère.
Ce long regret, dix ans ne l'ont point adouci ;
Je ne puis voir un fils dans les bras de son père ,
Sans dire en soupirant : « J'avais un père aussi ! »

Son image est toujours présente à ma tendresse.
Ah ! quand la pâle automne aura jauni les bois,
O mon père ! je veux promener ma tristesse
Aux lieux où je te vis pour la dernière fois.
    Sur ces bords que la Somme arrose,
J'irai chercher l'asile où ta cendre repose ;

J'irai d'une modeste fleur
Orner ta tombe respectée ,
Et sur la pierre , encor de larmes humectée ,
Redire ce chant de douleur.

MILLEVOYE.

POÉSIE MÊLÉE.

———◦◦◦———

LE MATIN SOUS LES TROPIQUES.

Auprès de la demeure où, dans le sein des bois,
Un maître despotique assemble sous ses lois
De ces fils du Niger la foule obéissante,
S'élève la moisson fertile et jaunissante
Dont les pâles roseaux filtrent cette liqueur
Qui, durcie en albâtre, éclatant de blancheur,
Mêle aux feux du Moka, dans la coupe vermeille,
Un miel pur et plus doux que le miel de l'abeille.
D'orange et de jem-rose un zéphir embaumé
Répand dans le vallon leur tribut parfumé.
Sur le coteau voisin le palmiste balance

Son panache arrondi que protége une lance...
La fleur de l'agathis au rayon matinal,
De son lustre mobile allume le cristal ;
Comme elle, rallumant les éclairs de leur ailes,
Mille insectes légers, vivantes étincelles,
Mille oiseaux qu'à l'éclat de leurs fraîches couleurs
Mes yeux dans le feuillage avaient pris pour des fleurs,
Se jouant sur l'émail des lianes fleuries,
Semaient leurs rideaux verts du feu des pierreries.
J'ai cru voir dans le bois, de leur reflet paré,
Voltiger du saphir le rayon azuré,
L'opale aux flammes d'or, l'hyacinte vermeille. —
Mais de ce songe aimable un chant léger m'éveille.
La voix du bengali soupire avec douceur,
Et son soupir ressemble au parfum d'une fleur.

Cependant sous mes pas s'allume la poussière ;
L'azur des mers rayonne, un voile de lumière,
D'un ciel rouge et pareil au rubis enflammé,
Sur mes yeux éblouis s'abaisse... Accoutumé
Aux frais abris des bois, mon front se réfugie
Sous d'épais lataniers dont la feuille élargie,
Cercle toujours mobile, en rayons divisé,
Brise les traits du jour, et dans l'air embrasé,
Sur un pivot flexible, éventail de verdure,
Cède aux soupirs des vents, et redit leur murmure.

                                    VICTORIN FABRE.

LA GRÈCE.

DANS la belle vallée ou fut Lacédémone,
Non loin de l'Eurotas, et près de ce ruisseau

Qui, formant son canal de débris de colonne,
Va sous des lauriers-rose ensevelir son eau,
Regardez : c'est la Grèce, et toute en un tableau.
Une femme est debout, de beauté ravissante,
Pieds nus ; et, sous ses doigts, un indigent fuseau,
File, d'une quenouille empruntée au roseau,
Du coton floconneux la neige éblouissante.
Un pâtre d'Amyclée, auprès d'elle placé,
Du bâton recourbé, de la courte tunique,
Rappelle les bergers d'un bas-relief antique.
Par un instinct charmant, et sans art adossé
Contre un vase de marbre à demi-renversé,
Comme au jour solennels des fêtes d'Hyacinthe,
Sous sa couronne, à l'ombre, il regarde, surpris,
Trois voyageurs d'Europe, au pied d'un chêne assis.
Le chemin est auprès. Sur un coursier conduite,
La musulmane y passe, et de l'œil du mépris
Regarde ; et l'Africain marche et porte à sa suite,
Dans une cage d'or, sa perdrix favorite :
Cependant qu'un aga dans un riche appareil,
Rapide cavalier au front sombre et sévère,
Sous un galop bruyant fait rouler la poussière
De ses armes d'argent, que frappe le soleil,
Parmi les oliviers scintille la lumière.
Il nous lance en passant des regards scrutateurs.
Voilà Sparte, voilà la Grèce tout entière :
Un esclave, un tyran, des débris et des fleurs.

PIERRE LEBRUN.

><><><><

LE DÉSERT.

SOLITUDE infertile , où l'homme est seul debout !
Cercle démesuré , dont le centre est partout !
Là , point de frais vallons où l'onde des collines
D'un portique détruit caresse les ruines ;
Point de ces verts abris où , sous un ciel d'airain ,
Au murmure des eaux s'endort le pèlerin :
Du néant taciturne , effroyable domaine !
L'œil distingue parfois , isolé dans la plaine ,
Un palmier dont le sable étreint les derniers nœuds ;
Des buissons de nopals , aux rameaux épineux ,
Et les blocs qui , debout sur ces blanches savanes ,
Immobiles signaux , guident les caravannes ,
Souvent on voit passer , sur l'horizon uni ,
Une autruche pesante , au long cou dégarni ,
Qui , mêlée au troupeau des agiles gazelles ,
S'éloigne en fatiguant ses impuissantes ailes ;
On croirait voir de loin , sur le sol découvert ,
Un Arabe à cheval qui fuit dans le désert.

BARTHÉLEMY ET MÉRY.

LE SIMOUN.

L'AIR est calme, et pourtant, comme par un prodige ,
L'épine des nopals frissonne sur leur tige :
Privé de ses rayons , le soleil élargi
Semble un disque de fer dans la forge rougi ,
Et, lugubres signaux d'une crise prochaine ,
Des bruits mystérieux résonnent dans la plaine.

Soudain le chamelier, enfant de ce désert,
A montré le midi de tourbillons couvert :
« Voyez-vous, a-t-il dit, cette arène mouvante?
» Le Simoun !... » Ce long cri d'épouvante
Glace les bataillons dans la plaine arrêtés,
Et l'Arabe s'enfuit à pas précipités ;
Il n'est plus temps : déjà le vent de flamme arrive.
Il pousse en mugissant son haleine massive,
Etend sur les soldats son immense rideau
Et creuse sous leurs pieds un mobile tombeau.
La trombe gigantesque, en traversant l'espace,
Du sol inhabité laboure la surface,
Et son aile puissante, au vol inattendu,
Promène dans le ciel le désert suspendu.
Ainsi planait la mort dans la nue enflammée,
Ainsi le vent de feu grondait sur une armée,
Quand les Perses vainqueurs, de dépouille couverts,
Du saint temple d'Ammon profanaient les déserts ;
Sacriléges fureurs ! sous la dune brûlante
Le kamsin étouffa cette armée insolente ;
Et, vingt siècles après, les peuples musulmans
Des soldats de Cambyse ont vu les ossements.

LES MÊMES.

⋈⇔⊙⇔⋈

LE MIRAGE.

Soudain des cris de joie, éclatant dans la nue,
Raniment dans les cœurs l'espérance perdue :
Voilà que le désert, aux voyageurs surpris,
Déroule à l'orient de fortunés abris ;

Un immense oasis, dans les vapeurs lointaines,
Avec ses frais vallons, ses humides fontaines,
Son lac étincelant, ses berceaux de jasmin,
Surgit à l'horizon du sablonneux chemin...
Doux rêve de bonheur! l'oasis diaphane,
Fantôme aérien, trompe la caravane ;
Les crédules soldats, qu'un prestige séduit,
Vers le but qui s'éloigne errent jusqu'à la nuit.
Alors, comme un jardin qu'une fée inconnue
De sa baguette d'or dissipe dans la nue,
L'île miraculeuse aux ombrages trompeurs
Se détache du sol en subtiles vapeurs,
Disperse, en variant leurs formes fantastiques,
Ses contours onduleux, ses verdoyants portiques,
Et, des yeux fascinés trompant le fol espoir,
Mêle ses vains débris aux nuages du soir;

LES MÊMES.

L'ARABE.

LOUANGE au Dieu de l'univers !
Il m'a donné l'empire des déserts !
Sur les ailes d'Elphah, ma cavale chérie,
J'erre sans limite et sans loi,
Et nul insolent ne me crie :
Arrête ! ce sable est à moi.
Jusqu'aux bords où Maroc étend son vaste empire
Je promène ma tente, et, sur les flots lointains,
Là, du Nazaréen contemplant le navire,
Je compare à mon sort ses ignobles destins.

Pour gagner ces trésors que mon sabre me donne ,
  Dans une flottante prison ,
A l'onde , à la tempête , esclave il s'abandonne.
Allah , tu l'as maudit : le prophète a raison.
Le vaisseau du croyant , c'est mon chameau fidèle !
Si. du liquide azur écumant à mes pieds
  Mes regards sont rassasiés ,
Je pars, le ciel me guide , et l'oasis m'appelle !
  Louange au Dieu de l'univers !
  Il m'a donné l'empire des déserts !
Que vois-je ? quel objet franchit le cercle aride
Qui bornait de mes yeux l'impatient essor ?
    N'est-ce point la palme aux fruits d'or
    Que balance une brise humide ?
    Au milieu des sables brûlants,
Dieu ! que l'ombrage est frais ! que l'onde est savoureuse,
Que la fatigue est douce et la paresse heureuse
Parmi les verts gazons et les troupeaux bêlants.
    Mais si, par un regard funeste,
Quelque vil mécréant , bravant mon fer vengeur,
A tari cette source , espoir du voyageur,
    Adorant le décret céleste ,
Sans plainte et sans courroux je reprends mon chemin.
Dieu le veut ! le croyant ne boira que demain.
    Aguerri contre la nature,
    De la soif qui brûle mon corps ,
    J'oublie , en chantant, la torture.
Sur le piquant gravier je m'étends et je dors ,
Et j'étouffe ma faim d'un tour de ma ceinture.

    Louange au Dieu de l'univers !
    Il m'a donné l'empire des déserts !

De périls, de chansons, source noble et féconde,
Désert, je te salue! Oui, le Dieu qui t'a fait
   Pour l'Arabe a créé le monde.
   Sur ton immensité profonde
Je règne; là j'attends, joyeux et satisfait,
Que le noir, que le blanc, nés tous deux mes esclaves,
Du fruit de leurs travaux nourrissent mes loisirs,
Et livrent leurs beautés en proie à mes plaisirs;
Car tous les dons du ciel appartiennent aux braves.
   Des bruyères de Mogador
Aux guérets parfumés de la Perse et de l'Inde,
Des sauvages remparts de la noire Mélinde
Aux jardins de Stamboul ceints de minarets d'or,
A mon gré je parcours, je ravage la terre.
   Le jour luit; sur mes membres nus
J'attache mon poignard, je jette mon bernous,
Et suis prêt pour le chant, le voyage ou la guerre.
   Louange au Dieu de l'univers!
  Il m'a donné l'empire des déserts!
Quel mépris du chrétien m'inspire l'industrie!
   Eloigné du divin flambeau,
Courbé sur son travail, captif dans sa patrie,
Sa vie est une chaîne et sa case un tombeau.
Allah, tu l'as maudit! Grâce à ta bonté sainte,
J'ai pour voûte le ciel, les forêts pour enceinte;
La brise rafraîchit le repos de mes nuits;
Les périls et les chants dissipent mes ennuis,
   Je marche, et tout frémit de crainte.
Avant que le soleil ait atteint son couchant,
J'ai dévoré les biens conquis depuis l'aurore:
Je prodigue avec joie à l'hôte qui m'implore.

Les trésors que j'arrache à l'avare marchand ;
Seul enfin je suis libre ; et je vois sans alarmes
Le céleste harem à ma vieillesse ouvert :
Car j'ai beaucoup d'enfants : leurs cris mêlés de larmes
Formeront sur ma tombe un glorieux concert,
      Et je leur lègue, avec mes armes,
      Les caravanes du désert.

CHAUVET.

>o<>o<>o<

LA VOULZIE.

S'IL est un nom bien doux fait pour la poésie,
Oh ! dites, n'est-ce pas le nom de la Voulzie ?
La Voulzie, est-ce un fleuve aux grandes îles ? Non ;
Mais, avec un murmure aussi doux que son nom,
Un tout petit ruisseau coulant visible à peine ;
Un géant altéré le boirait d'une haleine ;
Le nain vert Obéron, jouant au bord des flots,
Sauterait par-dessus sans mouiller ses grelots.
Mais j'aime la Voulzie et ses bois noirs de mûres,
Et dans son lit de fleurs ses bonds et ses murmures.
Enfant, j'ai bien souvent, à l'ombre des buissons,
Dans le langage humain traduit ses vagues sons ;
Pauvre écolier rêveur, et qu'on disait sauvage.
Quand j'émiettais mon pain à l'oiseau du rivage,
L'onde semblait me dire : « Espère ! aux mauvais jours
Dieu te rendra ton pain. » — Dieu me le doit toujours !
C'était mon Égérie, et l'oracle prospère
A toutes mes douleurs jetait ce mot : « Espère !
Espère et chante, enfant dont le berceau trembla.
Plus de frayeur : Camille et ta mère sont là.

Moi, j'aurai pour tes chants de longs échos. » — Chimère !
Le fossoyeur m'a pris et Camille et ma mère.
J'avais bien des amis ici-bas quand j'y vins,
Bluet éclos parmi les roses de Provins ;
Du sommeil de la mort, du sommeil que j'envie,
Presque tous maintenant dorment, et, dans la vie,
Le chemin dont l'épine insulte à mes lambeaux
Comme une voix antique est bordé de tombeaux.
Dans le pays des sourds j'ai promené ma lyre ;
J'ai chanté sans échos, et, pris d'un noir délire,
J'ai brisé mon luth, puis, de l'ivoire sacré,
J'ai jeté les débris au vent... et j'ai pleuré !
Pourtant je te pardonne, ô ma Voulzie ! et même,
Triste, tant j'ai besoin d'un confident qui m'aime,
Me parle avec douceur et me trompe, qu'avant
De clore au jour mes yeux battus d'un si long vent,
Je veux faire à ton bord un saint pèlerinage,
Revoir tous tes buissons si chers à mon jeune âge,
Dormir encore au bruit de tes roseaux chanteurs,
Et causer d'avenir avec tes flots menteurs.

HÉGÉSIPPE MOREAU.

><><><><

LE CHATEAU.

ENFIN voici le lieu que j'ai tant désiré,
Où je pourrai construire un logis à mon gré !
Un fertile coteau couronné d'un bocage,
A ses pieds un ruisseau baignant un pâturage ;
Un lointain parsemé de forêts, de hameaux,
Où des lacs font briller le reflet de leurs eaux...

Si j'ai su rebâtir la maison de Virgile (*),
Que je puisse, à mon tour, créer mon domicile !
De ce site charmant sachons tirer parti.

Là, je plante mon parc, de bon murs investi ;
Ici, va s'alonger la riante avenue
Où mes amis, de loin, viendront frapper ma vue.
Si j'en crois Hyppocrate, il faut qu'une maison
Contemple le soleil naissant sur l'horizon :
C'est donc sur le penchant de ce côté fertile
Que va briller le toit de mon champêtre asile.

Mais, avant de bâtir, il faut avoir un plan.
Près de ces peupliers au feuillage tremblant,
Une source d'eau pure étend un lit de sable
Qui va me tenir lieu de papier et de table.
Ma canne est mon crayon, mes yeux sont mon compas.
Commençons par tracer la salle des repas.
Là, ma table frugale à l'amitié naïve
Offrira tous les jours le place d'un convive ;
Et d'un mauvais dîner donné de fort bon cœur,
L'indulgent appétit vantera la saveur.

Plaçons ici ma chambre. O ciel ! de ma fenêtre
Quel divin paysage à mes yeux va paraître !
De ma bibliothèque, en cet endroit riant,
Je vois l'Aurore ouvrir les portes d'Orient,
Et Phœbus qui la suit enrichir l'atmosphère
De ces brillants tableaux que je lis dans Homère.

(*) Autre charmante pièce de l'auteur.

Des odeurs de mes prés savourant la douceur,
C'est là que logeront et ma mère et ma sœur :
Et dans ce pavillon mon aïeule charmée
Verra, près du raisin, la pêche parfumée
Mûrir dans mon enclos, où déjà mes neveux,
Le long des espaliers, vont commencer leurs jeux.
Mais puis-je séparer ces enfants de leurs mères?
Pour les sœurs que je dois à l'hymen de mes frères,
Il faut absolument agrandir ma maison.
D'ailleurs la symétrie exige un pavillon.

Dans trois corps de logis où l'élégance brille,
Grâce au ciel, à mon gré, je reçois ma famille.
Sous même toit que j'aime à nous voir réunis !
Mais, dans mon petit Louvre, où loger mes amis?
Il en viendra plus d'un. Sans tarder davantage,
Sur tout mon édifice élevons un étage.
Là chacun trouvera des livres, un jour pur,
Un bon lit quand du ciel disparaîtra l'azur ;
En songeant à mes fleurs, sous leur fenêtre écloses,
Ils croiront s'endormir sous des bosquets de roses.

O ciel ! à mes cousins je n'avais pas songé !
Mais dans mon bâtiment chacun sera logé ;
Car, tout exprès pour eux, j'élève une mansarde.
Là chaque logement sur le vallon regarde.
C'est un vrai belvéder, et l'escalier tournant
Vous conduit en ce lieu comme en vous promenant.
Un logis un peu haut ne déplaît point au sage :
Gresset fit la *Chartreuse* au cinquième étage.

Si, quand l'orage gronde, une jeune beauté
S'égare, et, gravissant ce sentier écarté,

Les regards abattus, de frayeur pâlissante,
Au marteau de mon seuil porte sa main tremblante,
Je dois ouvrir sans doute, et finir son tourment.
Mais l'aimable inconnue attend un logement,
Et tous sont occupés. Cherchant un lieu propice
Où je puisse élever un galant édifice,
Je place une rotonde au milieu du jardin ;
Je l'entoure de fleurs, de lilas, de jasmin ;

Et la jeune beauté qu'en rêvant je contemple,
En entrant dans ce lieu, croit entrer dans un temple.
Mais l'orage lui laisse un reste de frayeur ;
Je marche sur ses pas pour rassurer son cœur ;
Ses yeux peignent la joie et la reconnaissance...

Ciel ! quel vent tout-à-coup de l'horizon s'élance !
Il redouble, et, terrible en son essor nouveau,
Il emporte à la fois le sable et mon château.

P. Brès.

LE PÉLICAN.

Lorsque le pélican, lassé d'un long voyage,
Dans les brouillards du soir retourne à ses roseaux,
Ses petits, affamés, courent sur le rivage,
En le voyant au loin s'abbattre sur les eaux.
Déjà, croyant saisir et partager leur proie,
Ils courent à leur père avec des cris de joie,
En secouant leurs becs sur leurs goîtres hideux.
Lui, gagnant à pas lents une roche élevée,
De son aile pendante abritant sa couvée,
Pêcheur mélancolique, il regarde les cieux.

Le sang coule à long flots de sa poitrine ouverte ;
En vain il a des mers fouillé la profondeur ;
L'Océan était vide, et la plage déserte ;
Pour toute nourriture il apporte son cœur.
Sombre et silencieux, étendu sur la pierre,
Partageant à ses fils ses entrailles de père,
Dans son amour sublime il berce sa douleur,
Et, regardant couler sa sanglante mamelle,
Sur son festin de mort il s'affaisse et chancelle,
Ivre de volupté, de tendresse et d'horreur.
Mais parfois, au milieu du divin sacrifice,
Fatigué de mourir dans un trop long supplice,
Il craint que ses enfants ne le laissent vivant ;
Alors il se soulève, ouvre son aile au vent,
Et, se frappant le cœur avec un cri sauvage,
Il pousse dans la nuit un si funèbre adieu,
Que les oiseaux des mers désertent le rivage,
Et que'le voyageur attardé sur la plage,
Sentant passer la mort, se recommande à Dieu.

ALFRED DE MUSSET.

LA BERGERONNETTE.

PAUVRE petit oiseau des champs,
Inconstante bergeronnette
Qui voltiges vive et coquette,
Et qui siffles tes jolis chants ;

Bergeronnette si gentille,
Qui tournes autour du troupeau,
Par les prés sautille, sautille,
Et mire-toi dans le ruisseau !

Va, dans tes gracieux caprices,
Becqueter la pointe des fleurs,
Ou poursuivre, aux pieds des génisses,
Les mouches aux vives couleurs.

Reprends tes jeux, bergeronnette,
Bergeronnette au vol léger;
Nargue l'épervier qui te guette?...
Je suis là pour te protéger.

C'est ton doux chant qui me console;
Je n'ai pas d'autre ami que toi !
Bergeronnette, vole, vole,
Bergeronnette, devant moi !

CHARLES DOVALLE.

LE COLIBRI.

AVEC la lourde autruche et ses mesquines ailes,
Comparez cet oiseau qui, moins vu qu'entendu,
Ainsi qu'un trait agile à nos yeux est perdu,
Du peuple ailé des airs brillante miniature
Où le ciel des couleurs épuisa la parure ;
Et pour tout dire enfin, le charmant colibri,
Qui, de fleurs, de rosée et de vapeurs nourri,
Jamais sur chaque tige un instant ne demeure,
Glisse et ne pose pas, suce moins qui n'effleure,
Phénomène léger, chef-d'œuvre aérien,
De qui la grâce est tout, et le corps presque rien,
Vif, prompt, gai, de la vie aimable et frêle esquisse,
Et des dieux, s'ils en ont, le plus charmant caprice.

DELILLE.

LA DEMOISELLE.

Sur l'anémone arrosée
De rosée ;
Sur le buisson d'églantier,
Sur les ombreuses futaies ,
Sur les baies
Croissant au bord du sentier

Sur la paquerette blanche
Qui se penche
Au moindre souffle de vent,
Le bouton d'or, la pivoine,
Et l'avoine
Au panache gris mouvant ;

Sur les prés , sur la colline
Qui s'incline
Vers le champ bariolé
De pittoresques guirlandes ;
Sur les landes ,
Sur le grand orme isolé,

Voilà l'immense domaine
Où promène
Ses caprices, fleur des airs ,
La demoiselle nacrée,
Diaprée
De reflets roses et verts.

Traversant près et charmilles ,
Les familles
Des bourdonnants moucherons ,

Elle se mêle à leur onde
    Vagabonde,
Et comme eux décrit des ronds.

Plus rapide que la brise,
    Elle frise,
Dans son vol capricieux,
L'eau transparente où se mire
    Et s'admire
Le saule au front soucieux :

Et quand la grise hirondelle
    Auprès d'elle
Passe, et ride à plis d'azur,
Dans sa chasse circulaire,
    L'onde claire,
Elle s'enfuit d'un vol sûr,

          THÉODORE GAUTIER.

LE PAPILLON.

NAÎTRE avec le printemps, mourir avec les roses,
Sur l'aile du zéphir nager dans un ciel pur,
Balancé sur le sein des fleurs à peine écloses,
S'enivrer de parfums, de lumière et d'azur,
Secouant, jeune encor, la poudre de ses ailes,
S'envoler comme un souffle, aux voûtes éternelles,
Voilà du papillon le destin enchanté !
Il ressemble au désir qui jamais ne se pose ;
Et sans se satisfaire effleurant toute chose,
Retourne enfin au ciel chercher sa volupté ?

          DE LAMARTINE.

LA LYRE D'AIRAIN.

ECOUTEZ , écoutez, enfants des autres terres!
Enfants du continent, prêtez l'oreille aux vents
Qui passent sur le front des villes ouvrières ,
Et ramassant au vol comme flots de poussières
  Les cris humains qui montent de leurs flancs !

Écoutez ces soupirs, ces longs gémissements ,
Que vous laisse tomber leur aile vagabonde ,
Et puis vous me direz s'il est musique au monde
   Qui surpasse en terreur profonde
   Les chants lugubres qu'en ces lieux
Des milliers de mortels élèvent jusqu'aux cieux!

Là , tous les instruments qui vibrent à l'oreille
Sont enfants vigoureux du cuivre ou de l'airain;
Ce sont des balanciers dont la force est pareille
A cent chevaux frappés d'un aiguillon soudain ;
Ici, comme un taureau , la vapeur prisonnière
Hurle, mugit au fond d'une vaste chaudière ,
Et, poussant au dehors deux immenses pistons,
Fait crier cent rouets à chacun de leurs bonds.
Plus loin , à travers l'air, des milliers de bobines
Tournent avec vitesse et sans qu'on puisse voir ,
Comme mille serpents aux langues assassines
Dardent leurs sifflements du matin jusqu'au soir.
C'est un choc éternel d'étages en étages ;
Un mélange confus de levriers, de rouages ,
De chaînes, de crampons, se croisant, se heurtant ,
Un concert infernal qui va toujours grondant ,
Et dans le sein duquel un peuple aux noirs visages ,

Un peuple de vivants rabougris et chétifs,
Mêlent, comme chanteurs, des cris sourds et plaintifs!...

Oh! le hurlement sourd des vagues sur la grève,
    Le cri des dogues de Fingal,
Le sifflement des pins que l'ouragan soulève
    Et bat de son souffle infernal,
La plainte des soldats déchirés par le glaive,
    La balle et le boulet fatal,
Tous les bruits effrayants que l'homme entend ou rêve,
    A ce concert n'ont rien d'égal;
    Car cette noire symphonie
Aux instruments d'airain, à l'archet destructeur,
Cette partition qui fait saigner le cœur
    Est souvent chantée en partie
    Par l'avarice et la douleur.

              AUGUSTE BARBIER.

>O<>O<>O<

LE PETIT SAVOYARD A PARIS.

« J'ai faim : vous qui passez, daignez me secourir.
Voyez : la neige tombe et la terre est glacée.
J'ai froid : le vent se lève, et l'heure est avancée,
    Et je n'ai rien pour me couvrir.

» Tandis qu'en vos palais tout flatte votre envie,
A genoux sur le seuil, j'y pleure bien souvent.
Donnez : peu me suffit ; je ne suis qu'un enfant ;
    Un petit sou me rend la vie.
» On m'a dit qu'à Paris je trouverais du pain ;
Plusieurs ont raconté dans nos forêts lointaines

Qu'ici le riche aidait le pauvre dans ses peines ;
Eh bien ! moi, je suis pauvre, et je vous tends la main.

» Faites-moi gagner mon salaire :
Où me faut-il courir ? dites, j'y volerai.
Ma voix tremble de froid : eh bien ! je chanterai,
Si mes chansons peuvent vous plaire.

» Il ne m'écoute pas, il fuit ;
Il court dans une fête (et j'en entends le bruit)
Finir son heureuse journée.
Et moi, je vais chercher, pour y passer la nuit,
Cette guérite abandonnée.

» Au foyer paternel quand pourrai-je m'asseoir ?
Rendez-moi ma pauvre chaumière,
Le laitage durci qu'on partageait le soir,
Et, quand la nuit tombait, l'heure de la prière,

Qui ne s'achevait pas sans laisser quelque espoir.
» Ma mère, tu m'as dit, quand j'ai fui ta demeure :
Pars, grandis et prospère, et reviens près de moi...
Hélas ! et, tout petit, faudra-t-il que je meure
Sans avoir rien gagné pour toi ?

» Non, l'on ne meurt point à mon âge ;
Quelque chose me dit de reprendre courage...
Eh ! que sert d'espérer?... Que puis-je attendre enfin?...
J'avais une marmotte, elle est morte de faim. »

Et, faible, sur la terre il reposait sa tête,
Et la neige, en tombant, la couvrait à demi,
Lorsqu'une douce voix, à travers la tempête,
Vint réveiller l'enfant par le froid endormi.

» Qu'il vienne à nous celui qui pleure,
Disait la voix mêlée au murmure des vents ;
    L'heure du péril est notre heure ;
    Les orphelins sont nos enfants.
Et deux femmes en deuil recueillaient sa misère.
Lui, docile et confus, se levait à leur voix ;
Il s'étonnait d'abord, mais il vit dans leurs doigts
Briller la croix d'argent au bout d'un long rosaire ;
Et l'enfant les suivit en se signant deux fois.

                    ALEXANDRE GUIRAUD.

>o<><><><

EUTERPE.

J'AVAIS pris le matin fusil et gibecière,
Et, bravant le soleil, les ronces, la poussière,
Je courais le regain, le bois et le sentier,
Ne m'arrêtant qu'à peine aux sources du moustier.
J'allais avec ardeur, cependant que le lièvre
Broutait l'herbe embaumée à l'ombre du genièvre,
Que le ramier dormait au fond du vert berceau,
Et que le daim jouait en buvant au ruisseau.
Voilà que tout-à-coup, au détour de la haie,
Je trouvai sous un orme, où le bouvreuil s'égaie,
Euterpe au sein bruni, la muse du hautbois,
Qui répand ses chansons dans les prés et les bois.
— Par Apollon, salut, Euterpe la rustique !
As-tu donc retrouvé la flûte poétique ?
Vas-tu réveiller Pan, qui dort dans les roseaux,
Pour ouïr tes concerts avec les gais oiseaux ?
— Depuis plus de mille ans que je suis exilée,

Poëte, nul encor, nul ne m'a consolée ;
Un barbare a brisé la lyre d'Apollon :
J'ai vu se dépeupler tout le sacré vallon ,
J'ai vu partir mes sœurs, ces urnes d'ambroisie ,
Où coulait tant d'amour et tant de poésie.
Après avoir long-temps pleuré sous les cyprès ,
Moi , je me suis enfuie à travers les forêts.
Avec le souvenir de nos divins rivages ,
Dix siècles j'ai langui dans les pays sauvages ,
Ne trouvant plus d'échos à mes hymnes sacrées
Quand avec le hautbois je chantais dans les prés.
Enfin je te surprends, ô chasseur , ô poëte,
Et ma lèvre frémit sur sa flûte muette.

   « Réveillez-vous , nymphes des bois ,
    J'ai repris ma flûte d'ivoire ;
    Naïades qui versez à boire
Au chasseur triomphant comme un cerf aux abois ,
    Venez en troupes bocagères
    Sourire à mes chansons légères ;
Sylvains au pied fourchu , préparez vos hautbois,
    Et répétez mes airs champêtres ;
    Pour venir danser sous des hêtres
    Réveillez-vous , nymphes des bois !

» L'aurore matinale à l'orient dénoue
Sa chevelure d'or qui lui voile la joue.
Apollon , dieu du jour, dont fument les autels,
Viens , sur ton char de feu , réjouir les mortels.

» C'est la saison des fruits : fuyez, blondes abeilles ,
Pomone en vous chassant va remplir ses corbeilles ;

Cérès a vu tomber jusqu'au dernier épi,
Le faucheur sur la gerbe enfin s'est assoupi.

« Bacchus s'est couronné d'une feuille d'acanthe ;
Il traverse la vigne où chante la bacchante,
Il agite son thyrse orné de pampres verts,
Et contemple sa coupe où j'ai gravé des vers.

» Et pendant que Bacchus vient avec Ariane,
Vénus va s'exiler : tu triomphes, Diane !
Trompé par ta beauté, l'Amour, l'aveugle enfant,
T'a donné son carquois et son arc triomphant.

« Tu vas poursuivre encore en tunique flottante
Le cerf tout éploré, la biche haletante ;
Prends garde au souvenir de l'amoureux chasseur,
Diane aux pieds légers, d'Apollon chaste sœur !

         » J'ai repris ma flûte d'ivoire ;
         Réveillez-vous, nymphes des bois,
         Naïades qui versez à boire
Au chasseur triomphant comme aux cerfs aux abois,
         Venez en troupes bocagères
         Sourire à mes chansons légères,
Sylvains au pied fourchu, préparez vos hautbois,
         Et répétez mes airs champêtres ;
         Pour venir danser sous les hêtres
         Réveillez-vous, nymphes des bois !

» Les Heures, secouant les cyprès et les roses,
Passent sans s'arrêter en leurs métamorphoses,
Et déjà la prêtresse immole de ses mains

Une génisse blanche au maître des humains.
» Sur les prés du vallon le troupeau se disperse ;
Les bœufs traînent déjà la charrue et la herse ;
Dans le sillon fumant le laboureur pieux
Va fécondant Cybèle en bénissant les dieux.

« O mon maître Apollon ! Daphné la chasseresse
Brave sous les lauriers ta divine caresse ;
Mais, si tu viens près d'elle en lui disant des vers,
Elle ornera ton front de lauriers toujours verts.

» Vénus, où donc es-tu ? Les colombes sacrées,
Avec le char d'azur, s'envolent effarées.
La déesse aux beaux yeux, dont l'empire est si doux,
Messagères d'amour, où la conduisez-vous ?

» Voilà qu'un cri de joie ouvre les bacchanales,
Et déjà de Bacchus les filles matinales]
Se répandent en chœur sur les coteaux voisins,
Ceignant leurs fronts de pourpre et cueillant des raisins.

» J'ai repris ma flûte d'ivoire ;
Réveillez-vous, nymphes des bois ;
Naïades qui versez à boire
Au chasseur triomphant comme au cerf aux abois,
Venez en troupes bocagères
Sourire à mes chansons légères ;
Sylvains au pied fourchu, préparez vos hautbois,
Et répétez mes airs champêtres ;
Pour venir danser sous les hêtres
Réveillez-vous, nymphes des bois !

ARSÈNE HOUSSAYE.

LES DEUX DESTINÉES.

Vous parlez sans effort le langage des dieux ;
Mais sur ce terrain-là je ne peux pas vous suivre.
Les oiseaux pour chanter n'ont pas besoin de livre,
L'harmonie à grands flots leur ruisselle des cieux.

De tous ces beaux rêveurs, vous le plus radieux,
Bercé par le doux vent dont le parfum enivre,
Vous vous souveniez donc qu'en essayant de vivre
Ensemble nous étions partis d'un vol joyeux !

Nous avons traversé la merveilleuse plaine
Où la fleur du jeune âge, amicale et sereine,
Dit : La vie est charmante et l'avenir béni !
Puis je vous vis monter quand je perdais haleine,
A la cime des monts votre aile souveraine
Allait chercher son aire, et je gardais mon nid.

Mme MENNESSIER-NODIER.

><><><><

CE QUI ME RESTE.

Sous mes cheveux en deuil mon front tout rembruni,
Ma bouche où le sourire en naissant s'évapore,
Mon œil triste et muet comme un miroir terni,
Vous empêchent de voir que je suis jeune encore.
Pourtant je touche à peine à cet âge où le cœur
Exhale autour de soi l'espoir comme une essence,
Et, dans ses rêves d'or, croit ouïr en cadence
De mille illusions chanter les voix en chœur ;

A cet âge où le ciel de tant d'astres scintille,
Où l'on ne s'endort point en invoquant l'oubli,
Où timide aux genoux de quelque jeune fille,
D'un amour généreux on se sent ennobli ;
Où le soir voit souvent l'amitié vive et franche,
Projeter les plaisirs d'un joyeux lendemain ;
Age heureux et crédule, où le secret s'épanche
Dans le sein d'un ami qui nous serre la main ;
Où la gloire n'est point une folle fumée,
Mais une voix puissante emplissant l'avenir ;
Où du riche présent l'âme entière animée
Laisse les malheureux vivre d'un souvenir :
A cet âge où les pleurs n'ont point brûlé la joue,
Mais, bienfaisante ondée, ont rafraichi les sens,
Où le soleil enfin nous caresse, et se joue
Toujours riant et chaud sur des vœux innocents.
Hélas ! de tous ces biens qui font seuls la jeunesse,
Que me reste-t-il ? Rien. Gloire, espérance, amours...
Rien que les sons d'un luth pour bercer ma tristesse
Dans la nuit monotone où s'éteignent mes jours !
Aussi bien que les pleurs vous calmez ma souffrance,
O vers ! source brillante où j'aime à m'abreuver,
Aussi bien que ces voix qui parlent d'espérance,
Vous descendez d'en haut pour me faire rêver.
Vous êtes la beauté, l'amour et la nature,
Le langage confus de tant d'êtres divers,
Les plus vagues parfums que répand la verdure,
Tout, tout, ô poésie, ange éloquent des vers !
La seule épouse, hélas ! qui près de moi s'asseoie,
Se penche à mon chevet, et me donne un baiser
Et qui tienne en sa main le fil léger de soie
Que le souffle du mal encore n'a pu briser.

Environnez-moi donc, consolez-moi, génies,
Pendant mes jours obscurs, mes longues insomnies.
De vos magiques dons devrais-je être déçu,
Moi qui, couvant des arts l'ardente frénésie,
Dans les tableaux fameux lisais la poésie,
Moi, que sous son beau ciel la peinture a conçu ?

LAFON LABATUT.

>◇◇◇◇<

LA CHAINE D'OR.

C'EST un usage encore dons nos pieux rochers :
Aux approches du soir, quand les jeunes vachers
Ramènent en sifflant leurs troupeaux à l'étable,
Ces enfants croiraient faire une action coupable
S'ils éteignaient alors la braise du tison
Qui fuma tout le jour dans le creux d'un buisson ;
Durant la nuit, qui sait si l'âme d'un vieux patre
Ne viendra point s'asseoir sur la pierre de l'âtre,
Et, frileuse, y souffler, de même qu'autrefois
Ce vieux pâtre en gardant ses vaches dans les bois ?
Si le chef d'une ferme, ou la mère, ou la fille,
Si quelque membre enfin décède en la famille,
Les ruches, qui chantaient aux deux côtés du seuil,
Aux pleurs de la maison et presque à ses prières
On veut associer ce peuple d'ouvrières.
Au contraire, à la ferme, un matin fortuné,
Qu'après neuf mois d'attente arrive un nouveau-né,
Qu'un bonheur imprévu dans la famille éclate,
Chaque ruche reçoit son voile d'écarlate ;

Tous ont l'habit de fête, et, dans les deux maisons,
On entend résonner la joie et les chansons.

Non, non, la poésie, amour d'une âme forte,
L'antique poésie au monde n'est pas morte;
Mais cette chaîne d'or, ce fil mystérieux
Qui liait autrefois la terre avec les cieux,
Notre orgueil l'a rompu, devant tant de merveilles
Nous sommes aujourd'hui sans yeux et sans oreilles.
Quelques pâtres grossiers, des poètes enfants,
Plus forts que la science et ses bras étouffants,
Doux et simples d'esprit, seuls devinent encore
L'ensemble harmonieux du monde qui s'ignore,
De la terre et du ciel la secrète union,
Et les liens cachés de la création.
Le monde est une chaîne électrique, mouvante,
Dieu tient par l'un des bouts cette chaîne vivante;
Dans chaque anneau descend un invisible feu,
Qui, les parcourant tous, remonte jusqu'à Dieu.
Gloire, dans leurs hameaux, quand la nature entière
N'est plus pour le savant qu'une aride matière,
Un sujet de calculs orgueilleux et menteurs,
Gloire, dans leurs hameaux, à ces humbles pasteurs!
Le monde est pour eux seuls une douce harmonie,
Et leur âme innocente à la sienne est unie.
Tout s'enchaîne à leurs yeux; et le bruit de la mer,
La voix des animaux, les sifflements de l'air,
Tout leur parle et leur dit la vie universelle;
Elle respire en eux, ils respirent en elle;
L'abeille rit et chante autour de leur berceau,
Et l'humide matin pleure sur leur tombeau!

BRIZEUX.

LE LOISIR.

Loisir, où donc es-tu? le matin je t'implore ;
Le jour, ton charme absent me trouble et me dévore,
     Le soir vient, tu n'es pas venu ;
La nuit, j'espère enfin veiller à ta lumière ;
Mais déjà le sommeil a fermé ma paupière
     Avant que mes yeux t'aient connu...

Sylphe léger, ton vol effleure-t-il la terre,
A l'heure du silence, où Phebé solitaire
     Visite un berger dans les bois?
As-tu fui pour toujours par-delà les nuages,
Et dans les cœurs épris de tes vagues images
     N'es-tu qu'un rêve d'autrefois ?

Loisir, entends mes vœux : sur le lac de la vie
Errant depuis un jour, et déjà poursuivie
     Des flots et des vents en courroux,
Au milieu des écueils, sans timon, sans étoiles,
Ma nef m'emporte et fuit ; j'entends crier mes voiles,
     Et mes jeunes bras sont lassés.

Mais si tes yeux d'en haut s'abaissaient sur ma tête,
A ton regard serein cèderait la tempête,
     Et je verrais le ciel s'ouvrir ;
Les vents m'apporteraient une fraîcheur nouvelle,
Et la vague apaisée, autour de ma nacelle,
     En la berçant viendrait mourir.

Moi, le front appuyé sur la rame immobile,
J'aimerais savourer la volupté tranquille
     D'un éternel balancement ;

Où j'aimerais, la tête en arrière étendue,
L'œil entr'ouvert, mêler mon âme répandue
    Aux flots d'azur du firmament.

Et puis je chanterais le Loisir et ses charmes,
Ses souris nonchalants, la douceur de ses larmes,
    Larmes sans cause et sans douleurs,
Ses accents qu'accompagne une lyre d'ivoire ;
Sur son front, le plaisir couronné par la gloire,
    Et le laurier parmi des fleurs.

Mais le Loisir a fui, tandis que je l'appelle,
Comme au cri du chasseur l'alouette rebelle,
    Comme une onde qu'on veut saisir ;
Le temps s'est réveillé ; ma tâche recommence :
Adieu, besoin du cœur, solitude, silence ;
    Adieu, loisir ; adieu Loisir !

SAINTE-BEUVE.

UN JOUR DE MARS.

Où fait-il du soleil ? J'ai froid... Faites-moi voir
Un vieux pan de muraille où tombe la lumière,
Ou quelque large vitre, ou quelque blanche pierre,
Qu'un rayon du midi fait brûler jusqu'au soir.

Ici... Dieu ! qu'on est bien !... C'est presque une autre vie
Qu'une douce chaleur après un long hiver ;
La chaleur vient du ciel : comme elle vivifie
L'âme, que le frimas engourdissait hier !

A présent tout me rit : et la mouche brillante
Qui se balance là sur des ailes d'azur,

Et les touffes de mousse, et l'herbe verdoyante
Qui point timidement dans les fentes du mur.

Les arbres vont fleurir, ils ont des boutons roses;
J'ai vu des papillons qui volaient à l'entour :
Dans un mois ce sera le premier temps des roses
J'aime le temps des fleurs : les fleurs parlent d'amour.

Oui, les fleurs; puis après, les belles matinées;
Puis, les grands fils d'argent qni courent sur les prés;
Puis, sous des gouttes d'eau les plantes inclinées,
Qui cachent sous les foins leurs disques bigarrés;

Puis après, les longs jours d'accablante molesse,
Où lon cherche le frais, où l'on dort à midi;
Où, parmi les coussins, le Luxe et la paresse
Ont un bras nonchalant sous leur tête arrondi.

Puis après, les beaux soirs, les tièdes crépuscules;
L'heure où l'on court aux champs avec se; jeunes sœurs,
Où les petits enfants tressent des renoncules,
Où des frêles pavots mélangent les couleurs.

Les beaux soirs, les beaux jours, les matins sans orage,
Le printemps embaumé, l'été resplendissant,
Tout cela rend joyeux!... — Je sens comme un nuage
Qui s'étend sur ma tête et me glace en passant!

Où fait-il du soleil? J'ai froid .. Si la lumière
Chauffe encor quelque vitre, ou quelque blanche pierre,
Qu'un rayon du midi fait brûler jusqu'au soir,
Dites-le-moi : c'est là que je viendrais m'asseoir !

CHARLES DOVALLE.

LES FEUILLES DE SAULES.

L'air était pur ; un dernier jour d'automne,
En nous quittant, arrachait la couronne
    Au front des bois ;
Et je voyais, d'une marche suivie,
Fuir le soleil, la saison et la vie
    Tout à la fois.

Près d'un vieux tronc, appuyée en silence,
Je repoussais l'importune présence
    Des jours mauvais ;
Sur l'onde froide, où l'herbe encor fleurie,
Tombait sans bruit quelque feuille flétrie,
    Et je rêvais !

Au saule antique incliné sur ma tête,
Ma main enlève, indolente et distraite,
    Un vert rameau ;
Puis j'effeuillai sa dépouille légère,
Suivant des yeux sa course passagère
    Sur le ruisseau.

De mes ennuis jeu bizarre et futile !
J'interrogeais chaque débris fragile
    Sur l'avenir ;
Voyons, disais-je à la feuille entraînée,
Ce qu'à mon sort ma fortune enchaînée
    Va devenir ?

Un seul instant je l'avais vue à peine,
Comme un esquif que la vague promène,
    Voguer en paix :

Soudain le flot la rejette au rivage ;
Ce léger choc décida son naufrage...
     Je l'attendais!

Je fie à l'onde une feuille nouvelle,
Cherchant le sort que pour mon luth fidèle
     J'osai prévoir ;
Mais vainement j'espérais un miracle,
Un vent rapide emporta mon oracle,
     Et mon espoir.

Sur cette rive où ma fortune expire,
Où mon talent sur l'aile du zéphire
     S'est envolé,
Vais-je exposer sur l'élément perfide
Un vœu plus cher ?... Non, non, ma main timide
     A reculé.

Mon faible cœur, en blâmant sa faiblesse,
Ne put bannir une sombre tristesse,
     Un vague effroi :
Un cœur malade est crédule aux présages :
Ils amassaient de menaçants nuages
     Autour de moi.

Le vert rameau de mes mains glisse à terre :
Je m'éloignai pensive et solitaire,
     Non sans effort ;
Et dans la nuit mes songes fantastiques
Autour du saule aux feuilles prophétiques
     Erraient encor,

                Mme AMABLE TASTU.

LE NID

De ce buisson de fleurs approchons-nous ensemble.
Vois-tu ce nid posé sur la branche qui tremble ?
Pour le couvrir vois-tu ces rameaux se ployer ?
Les petits sont cachés dans leur couche de mousse :
Ils sont tous endormis... Oh ! viens, ta voix est douce,
    Ne crains pas de les effrayer.

De ses ailes encor la mère les recouvre,
Son œil appesanti se referme et s'entrouvre,
Et son amour long-temps lutte avec le sommeil ;
Elle s'endort enfin... Vois comme elle repose !
Elle n'a rien pourtant qu'un nid sous une rose
    Et sa part de notre soleil.

Vois, vois, il n'est point de vide en son étroit asile ;
A peine s'il contient sa famille tranquille ;
Mais là, le jour est pur et le sommeil est doux,
C'est assez ! elle n'est ici que passagère,
Chacun de ses petits peut réchauffer son frère,
    Et son aile les couvre tous,

                EMILE SOUVESTRE.

LA BARQUE A SEC.

Un beau matin, sur la rive muette,
Une nacelle, effilée et fluette,
    Se balançait,
Et chaque flot, illuminé par l'aube,
En l'entourant d'une luisante robe,
    La caressait.

Un ciel heureux, une mer éclatante,
Des vapeurs d'or la diaphane tente
     Qui la couvrait,
Et les zéphyrs, sous qui la mer se plisse,
Tout lui jetait un parfum de délice
     Qui l'enivrait.

Le soir... les flots avaient quitté la rive ;
La barque était à sec, triste et pensive
     Comme un vieillard.
Le vent soufflait; et le ciel, sans étoiles,
Disparaissait sous les nocturnes voiles
     Du noir brouillard.

Pauvre petit esquif, délaissé sur nos grèves,
Comme tes flots dorés, hélas ! nos premiers rêves
Nous bercent d'avenir; mais ils sont bien trompeurs !
Et nos illusions, nos amours ineffables,
Ne brillent qu'un instant, puis s'envolent, semblables
     A tes éphémères vapeurs.

Oui, tout luit, tout rayonne au matin de la vie !
Mais la clarté du jour de la nuit est suivie.
Quand vient le soir des ans, l'homme, désenchanté,
N'étant plus soutenu par le flot d'or des rêves,
Comme toi, pauvre esquif, reste à sec, sur les grèves
     De la froide réalité.

                CHARLES PONCY.

LE PÈLERIN.

« LE vent du nord mugit, et sous sa froide haleine
Le lourd bâton échappe à ma tremblante main ;
     La neige tombe, elle couvre la plaine ;
     Et j'ai perdu la trace du chemin.

     » Que la pitié vous réveille et vous guide !
     Oui, levez-vous, beau Seigneur, ouvrez-moi.
     Je ne suis point un vagabond perfide
Qui vient après avoir chassé le cerf du roi.

» J'arrive des lieux saints, j'apporte des reliques,
Je sais des oraisons et de pieux cantiques ;
Je vous les apprendrai : le plus heureux mortel
A toujours quelque chose à demander au ciel.

» Accordez au vieillard l'asile qu'il réclame.
Les ans et le malheur sont un pesant fardeau.
          Oh ! pour l'amour de Notre-Dame,
Ouvrez au pèlerin la porte du château.

» Le fleuve gronde et franchit le rivage ;
La pluie et les autans précipitent son cours.
Il faut parmi les flots que je cherche un passage,
Si vous ne venez pas bien vite à mon secours.

» De grâce, hâtez-vous ; je souffre... Hélas! ma plainte
     De ce château ne passe point le seuil.
     Daigne le ciel, daigne la Vierge sainte
     En écarter la douleur et le deuil !

» Si l'orage et la nuit viennent à vous surprendre,
Que Dieu veille sur vous ! Qu'une âme douce et tendre

Vous accorde, en allant au-devant de vos pas,
Cette hospitalité que vous n'accordez pas ? »

C'est ainsi qu'il priait ; mais nul ne se présente ;
Le châtelain s'endort au récit de ses maux.
Qu'il dorme maintenant ; car les vents et les flots
Emprunteront demain cette voix gémissante.

L'aurore de ses feux colora le rivage ;
On vit briller l'éclat d'un jour pur et serein ;
Mais, parmi les roseaux de l'humide feuillage,
On trouva seulement le bâton de voyage,
Le rosaire et la croix du pauvre pèlerin.

Le Cte JULES DE RESSÉGUIER.

>o‹›o‹›o‹

LA VIEILLESSE.

On entend mal, on ne voit guère ;
On a cent moyens de déplaire ;
Ce qui nous plut nous semble laid ;
On voit le monde comme il est ;
Qui vous cherchait vous abandonne ;
Le bon sens, la froide vertu,
Chez vous n'attirent plus personne ;
On se plaint d'avoir trop vécu :
Mais, dans ma retraite profonde,
Qu'un seul ami me reste au monde,
Je croirai n'avoir rien perdu,

MME D'HOUDETOT.

L'ANGE ET L'ENFANT.

UN ange au radieux visage,
Penché sur le bord d'un berceau,
Semblait contempler son image
Comme dans l'onde d'un ruisseau.

» Charmant enfant, qui me ressemble,
Disait-il, oh! viens avec moi;
Viens, nous serons heureux ensemble ;
La terre est indigne de toi.

» Là , jamais entière allégresse,
L'âme y souffre de ses plaisirs;
Les airs de joie ont leur tristesse,
Et les voluptés leurs soupirs.

» La crainte est de toutes les fêtes ;
Jamais un jour calme et serein
Du choc des vents et des tempêtes
N'a garanti le lendemain.

» Eh quoi! les chagrins, les alarmes
Viendraient flétrir ton front si pur,
Et dans l'amertume des larmes
Se terniraient tes yeux d'azur.

» Non, non, dans les champs de l'espace,
Avec moi tu vas t'envoler;
La Providence te fait grâce
Des jours que tu devais couler.

» Que personne dans ta demeure
N'obscurcisse tes vêtements.

Qu'on accueille ta dernière heure ,
Ainsi que tes premiers moments.

» Que les fronts y soient sans nuage ,
Que rien n'y révèle un tombeau :
Quand on est pur comme à ton âge ,
Le dernier jour est le plus beau. »

Et , secouant ses blanches ailes ,
L'ange , à ces mots , a pris l'essor
Vers les demeures éternelles...
Pauvre mère ! ton fils est mort.

REBOUL.

MON ANGE GARDIEN.

JAMAIS je n'entendis sa voix lente et sonore
Me murmurer bien bas ces mots doux et confus ,
Langage harmonieux que l'on écoute encore,
    Quand on ne l'entend plus !

Jamais je n'ai senti son haleine odorante
Glisser dans mes cheveux comme un souffle du soir,
Jamais auprès de moi , pauvre colombe errante ,
    Il n'est venu s'asseoir;

Jamais, jamais sa main n'a tremblé dans la mienne ,
Jamais ses grands yeux noirs n'ont regardé mes yeux..
Il tient pourtant ma vie enchaînée à la sienne ,
    Comme la terre aux cieux !

A l'heure poétique où le jour, qui décline ,
Etend un voile rouge aux bords de l'horizon,

Quand l'oiseau , qui chantait joyeux sur la colline ,
    S'endort sur le buisson ,

Mon ange m'apparaît !... mais , comme dans un rêve,
Ses traits sont recouverts d'une blanche vapeur ;
Il me semble qu'alors dans ses bras il m'enlève ,
    Et quelquefois j'ai peur !...

Et je passe ma main sur ma tête brûlante !
Ma voix d'émotion devient toute tremblante ,
Et je dis à mon ange : « Oh ! parle, parle-moi !...
» S'il ne faut que mourir pour être ton amie ,
» Va , tu peux à ton gré disposer de ma vie ,
    » Car ma vie est à toi !

» Mais , hélas ! je ne suis qu'un enfant de la terre !
» Toi , que la brise endort dans un palais d'azur ,
» Pourras-tu bien m'aimer ? Oh ! j'en ai l'espérance ,
» Fils des cieux , mon amour, parfumé d'innocence ,
    » Doit plaire à ton cœur pur !

» Sois béni !... Mais, pour fuir aux sphères éternelles ,
» Déploirais-tu déjà tes transparentes ailes ?...
» Ton absence est un mal qui me fait tant souffrir !...
» Oh! donne-moi la main! montons au ciel ensemble... »
Rapide il disparaît... Puis alors il me semble
    Que mon cœur va mourir !...

                   ELISE MOREAU.

LE PETIT FRÈRE.

DE ma sainte patrie
J'accours vous rassurer.
Sur ma tombe fleurie,
Mes sœurs, pourquoi pleurer ?
Dans son affreux mystère,
La mort a ses douceurs,
Je vous vois sur la terre :
Ne pleurez point, mes sœurs.

Dans les cieux je suis ange,
Et je veille sur vous ;
Ma joie est sans mélange,
Car je fus humble et doux.
Des saintes immortelles
Je suis le protégé :
Dieu m'a donné des ailes,
Mais ne m'a point changé.

Ma souffrance est passée,
Et mes pleurs sont taris ;
Ma main n'est plus glacée,
Je joue et je souris ;
Mon regard est le même,
Et j'ai la même voix ;
Mon cœur d'ange vous aime,
Mes sœurs comme autrefois.

J'ai la même figure
Qui charmait tant vos yeux ;
La même chevelure
Orne mon front joyeux,

Mais ces boucles coupées
Au jour de mon trépas,
De vos larmes trempées,
Ne repousseront pas.

Le ciel est ma demeure,
J'habite un palais d'or ;
Nous puisons à toute heure
Dans l'éternel trésor ;
Un fil impérissable
A tissu nos habits ;
Nous jouons sur un sable
D'opale et de rubis.

Là-haut dans des corbeilles
Les fleurs croissent sans art ;
Les méchantes abeilles
Là-haut n'ont point de dard ;
Les roses qu'on effeuille
Peuvent encore fleurir,
Et les fruits que l'on cueille
Ne font jamais mourir.

Les anges de mon âge
Connaissent le sommeil ;
Je dors sur un nuage
Dans un berceau vermeil ;
J'ai pour rideau le voile
De la Vierge d'amour ;
Ma lampe est une étoile
Qui brille jusqu'au jour.

Le soir quand la nuit tombe,
Parmi vous je descends ;

Vous pleurez sur ma tombe ,
Vos larmes, je les sens.
Caché parmi les pierres
De ce funèbre lieu ,
J'écoute vos prières,
Et je les porte à Dieu.
Oh! cessez votre plainte ,

Ma mère, croyez-moi ;
Vous serez une sainte
Si vous gardez la foi.
C'est un mal salutaire
Que perdre un nouveau-né ;
Aux larmes d'une mère
Tout sera pardonné.

                        Mme EMILE DÉ GIRARDIN.

ZÉPHIRE.

IL est un demi-dieu , charmant, léger, volage ;
Il devance l'Aurore, et d'ombrage en ombrage
        Il fuit devant le char du jour :
Sur son dos éclatant, où frémissent deux ailes ,
S'il portait un carquois et des flèches cruelles ,
        Vos yeux le prendraient pour l'Amour.

C'est lui qu'on voit le soir, quand les Heures voilées
Entr'ouvrent du couchant les portes étoilées ,
        Glisser dans l'air à petit bruit :
C'est lui qui donne encore une voix aux Naïades ,
Des soupirs à Syrinx, des concerts aux Dryades ,
        Et de doux parfums à la nuit,

Zéphyre est son doux nom ; sa légère origine,
Pure comme l'éther, trompa l'œil de Lucine,
      Et n'eut pour témoin que les airs :
D'un soupir du printemps, d'un soupir de l'Aurore,
Dans son liquide azur le ciel le vit éclore
      Comme un alcyon sur les mers.

Ce n'est point un enfant, mais il sort de l'enfance ;
Entre deux myrtes verts tantôt il se balance,
      Tantôt il joue au bord des eaux,
Ou glisse sur un lac, ou promène sur l'onde
Les filets d'arachné, la feuille vagabonde
      Et le nid léger des oiseaux.

Parfois aux antres creux, palais bizarre et sombre
De la sauvage Echo, du sommeil et de l'ombre,
      Du Lion il fuit les ardeurs ;
Parfois dans un vieux chêne, aux forêts de Cybèle,
Dans le calme des nuits il berce Philomèle,
      Son nid, ses chants et ses malheurs.

DENNE-BARON.

⤙⤙⤙

LE SYLPHE.

Je suis un sylphe, une ombre, un rien, un rêve
Hôte de l'air, esprit mystérieux,
Léger parfum que le zéphyr enlève,
Anneau vivant qui joint l'homme et les dieux.

De mon corps pur les rayons diaphanes
Flottent mêlés à la vapeur du soir :
Mais je me cache aux regards des profanes,
Et l'âme seule, en songe, peut me voir.

Rasant du lac la nappe étincelante ,
D'un vol léger j'effleure les roseaux ,
Et , balancé sur mon aile brillante,
J'aime à me voir dans le cristal des eaux.

Dans vos jardins quelquefois je voltige ,
Et , m'enivrant des suaves odeurs ,
Sans que mon poids fasse incliner leur tige ,
Je me suspends au calice des fleurs.

Dans vos foyers j'entre avec confiance ,
Et , récréant son œil clos à demi,
J'aime à verser des songes d'innocence
Sur le front pur d'un enfant endormi.

Lorsque sur vous la nuit jette son voile ,
Je glisse aux cieux comme un long filet d'or,
Et les mortels disent : C'est une étoile
Qui d'un ami nous présage la mort.

ALEXANDRE DUMAS.

>o<>o<>o<

LE ROI DES AULNES.

— Qui passe donc si tard à travers la vallée ?
— C'est un vieux châtelain , qui, sur un coursier noir,
Un enfant dans ses bras , suit la route isolée.
Il se plaint de la nuit qui voile son manoir ;
Et l'enfant (ah ! pourquoi troubler ces cœurs novices ?)
 e rappelle, tremblant , ces récits fabuleux
Qu'aux lueurs de la lampe au vague effroi propices ,
Le soir, près du foyer, racontent les nourrices.
Il croit voir,... il a vu , sous les bois nébuleux,

Un de ces vains esprits, de ces antiques gnômes,
Qui, railleurs et cruels, doux et flatteurs fantômes,
Se plaisent à troubler le songe des pasteurs :
Soit qu'ils poussent leur rire à de courts intervalles,
S'attachent aux longs crins des errantes cavales,
Qu prêtent à la nuit des rayons imposteurs.

Voilà de tous ses pas les riants artifices :
       Le monstre, au bord des précipices,
Marche, sans les courber, sur la cîme des fleurs,
       Et de sa robe aux sept couleurs
       Il a déployé les caprices.

A l'enfant qu'il attire il ouvre un frais chemin,
Fait briller sa couronne et sourit ; dans sa main
Flottent le blanc troène et les nénuphars jaunes.

— Mon père, a dit l'enfant, vois-tu le Roi des Aulnes ?
— Mon fils, sous mon manteau pourquoi cacher ta peur ?
Du ruisseau qui nous suit c'est la blanche vapeur ?
— J'entends ses sœurs courir et murmurer ensemble...
— C'est la brise du soir sous le bouleau qui tremble ;
Rassure-toi, mon fils ; contre un effroi trompeur.
— Qui frémit dans les bois ? — Le ramier qui s'éveille.
— Il me parle !... Entends-tu sa voix à mon oreille ?

       » Viens, bel enfant ; j'ai des bijoux,
       » Du sable d'or, de blancs cailloux ;
» Ma mère de nos airs t'apprendra les cadences ;
» Je sais de jolis jeux ; tu verras dans nos champs
       » Les chœurs variés de nos danses ;
       » Je t'endormirai par mes chants. »

— Mon père, au bord des eaux vois-tu là-bas sa mère ?
— Mon fils, mon cher enfant, vaine et triste chimère ;
C'est le tronc du vieux saule et ses rameaux penchants.

» Viens, bel enfant, sois à mes vœux docile,
» Je sers de guide à tes pas égarés.
» Pour toi mes sœurs vont, d'une main agile,
» Tresser des festons bigarrés.
» Regarde, que de fleurs au bord du lac tranquille !
    » Pourquoi ces craintes, ces délais ?
    » Viens, ta place est dans mon palais ;
    » Me résister est inutile. »

— Mon père !... il m'a saisi ; je souffre... ah ! sauvez-moi !
Le châtelain frissonne, et l'enfant, plein d'effroi,
Se serre sur son cœur et demeure immobile.
Mais le vieux châtelain, pressant son coursier noir,
Et l'enfant dans ses bras, regagne son manoir.
Voilà, voilà les tours de l'antique édifice.
Le pont mouvant s'abaisse, il entre, et la nourrice
Apporte sur le seuil un vacillant flambeau.
Le père avec tendresse écarte son manteau :

— Soyez donc plus discrète ; il m'a durant la route,
Isaure, entretenu des Esprits qu'il redoute ;
Il criait dans mes bras ; mais maintenant il dort,
Reprenez votre enfant. — Oh ! dit-elle, il est mort !

H. DE LATOUCHE.

>o< o< >o<

LA FÉE ET LA PÉRI.

ENFANT ! si vous mourriez, gardez-vous qu'un esprit
De la route des cieux ne détourne votre âme !
Voici ce qu'autrefois un vieux sage m'apprit :
Quelques démons, sauvés de l'éternelle flamme,
Rebelles moins pervers que l'archange proscrit,

Sur la terre, où le feu, l'onde et l'air les réclame,
Attendent, exilés, le jour de Jésus-Christ!
Il en est qui, bannis des célestes phalanges,
Ont de si douces voix qu'on les prend pour des anges!
Craignez-les : pour mille ans exclus du paradis,
Ils vous entraîneraient, enfants, au purgatoire!
Ne me demandez pas d'où me vient cette histoire,
Nos pères l'ont contée, et moi je la redis.

LA PÉRI.

Où vas-tu donc, jeune âme?... écoute!
Mon palais pour toi peut s'ouvrir.
Suis-moi, des cieux quitte la route;
Hélas! tu t'y perdrais sans doute,
Nouveau-né, qui viens de mourir!

Tu pourras jouer à toute heure
Dans mes beaux jardins, aux fruits d'or;
Et de ma riante demeure
Tu verras ta mère, qui pleure
Près de ton berceau tiède encor.

Des Péris je suis la plus belle;
Mes sœurs règnent où naît le jour :
Je brille en leur troupe immortelle,
Comme entre les fleurs brille celle
Que l'on cueille en rêvant d'amour.

Mon front porte un turban de soie
Mes bras de rubis sont couverts :
Quand mon vol ardent se déploie,
L'aile de pourpre qui tournoie
Roule trois yeux de flamme ouverts.

Plus blanc qu'une lointaine voile,
Mon corps n'en a point la pâleur ;
En quelque lieu qu'il se dévoile,
Il l'éclaire comme une étoile,
Il l'embaume comme une fleur !

LA FÉE.

Viens, bel enfant ! je suis la fée.
Je règne aux bords où le soleil
Au sein de l'onde réchauffée
Se plonge, éclatant et vermeil.
Les peuples d'Occident m'adorent :
Les vapeurs de leur ciel se dorent,
Lorsque je passe en les touchant :
Reine des ombres léthargiques,
Je bâtis mes palais magiques
Dans les nuages du couchant.

Mon aile bleue est diaphane :
L'essaim des sylphes enchantés
Croit voir sur mon dos, quand je plane,
Frémir deux rayons argentés.
Ma main luit, rose et transparente ;
Mon souffle est la brise odorante
Qui, le soir, erre dans les champs,
Ma chevelure est radieuse,
Et ma bouche mélodieuse
Mêle un sourire à tous mes chants !

J'ai des grottes de coquillages ;
J'ai des tentes de rameaux verts ;
C'est moi que bercent les feuillages,

Que balance le flot des mers.
Si tu me suis, ombre ingénue,
Je puis t'apprendre où va la nue,
Te montrer d'où viennent les eaux ;
Viens, sois ma compagne nouvelle,
Si tu veux que je te révèle
Ce que dit la voix des oiseaux.

LA PÉRI.

Ma sphère est l'Orient, région éclatante,
Où le soleil est beau comme un roi dans sa tente !
Son disque s'y promène en un ciel toujours pur.
Ainsi, portant l'émir d'une riche contrée,
        Aux sons de la flûte sacrée,
Vogue un navire d'or sur une mer d'azur.

Tous les dons ont comblé la zone orientale.
Dans tout autre climat, par une loi fatale,
Près des fruits savoureux croissent les fruits amers ;
Mais Dieu, qui pour l'Asie a des yeux moins austères
        Y donne plus de fleurs aux terres,
Plus d'étoiles aux cieux, plus de perles aux mers.

Mon royaume s'étend depuis ces catacombes
Qui paraissent des monts et ne sont que des tombes,
Jusqu'à ce mur qu'un peuple ose en vain assiéger,
Qui, tel qu'une ceinture où le Cathay respire,
        Environnant tout un empire,
Garde dans l'univers comme un monde étranger.

J'ai de vastes cités, qu'en tous lieux on admire :
Lahor, aux champs fleuris ; Golconde ; Cachemire ;
La guerrière Damas ; la royale Ispahan ;

Bagdag, que ses remparts couvrent comme une armure ;
　　　Alep, dont l'immense murmure
Semble au pâtre lointain le bruit d'un océan.

Mysore est sur son trône une reine placée.
Médine aux mille tours, d'aiguilles hérissée,
Avec ses flèches d'or, ses kiosques brillants,
Est comme un bataillon , arrêté dans les plaines,
　　　Qui , parmi ses tentes hautaines ,
Elève une forêt de dards étincelants.

On dirait qu'au désert, Thèbes, debout encore,
Attend son peuple entier, absent depuis l'aurore.
Madras a deux cités dans ses larges contours.
Plus loin brille Delhy , la ville sans rivales,
　　　Et sous ses portes triomphales
Douze éléphants de front passent avec leurs tours.

Bel enfant! viens errer parmi tant de merveilles,
Sur ces toits pleins de fleurs ainsi que des corbeilles ,
Dans le camp vagabond des Arabes ligués.
Viens ; nous verrons danser les jeunes bayadères,
　　　Le soir , lorsque les dromadaires
Près du puits des déserts s'arrêtent fatigués.

Là, sous de verts figuiers, sous d'épais sycomores ,
Luit le dôme d'étain du Minaret des Maures ;
Ici , vois la pagode et son faste indigent ;
La tour de porcelaine aux clochettes dorées ;
　　　Et dans les jonques azurées ,
Le palanquin de pourpre, aux longs rideaux d'argent!...

L'Orient fut jadis le paradis du monde.
Un printemps éternel de ses roses l'inonde,

Et ce vaste hémisphère est un riant jardin.
Toujours autour de nous sourit la douce joie,
  Toi qui gémis, suis notre voie :
Que t'importe le ciel, quand je t'offre l'Eden !

LA FÉE.

L'Occident nébuleux est ma patrie heureuse.
Là, variant dans l'air sa forme vaporeuse,
Fuit la blanche nuée... et de loin, bien souvent,
Le mortel isolé, qui, radieux ou sombre,
  Poursuit un songe, ou pleure une ombre,
  Assis, la contemple en rêvant.

Car il est des douceurs pour les âmes blessées
Dans les brumes du lac, sur nos bois balancées ;
Dans nos monts où l'hiver semble à jamais s'asseoir ;
Dans l'étoile, pareille à l'espoir solitaire,
  Qui vient, quand le jour fuit la terre,
  Mêler son orient au soir.

Nos cieux voilés plairont à ta douleur amère,
Enfant, que Dieu retire et qui pleure ta mère !
Viens, l'écho des vallons, les soupirs du ruisseau,
Et la voix des forêts au bruits des vents unie,
  Te rendront la vague harmonie
  Qui t'endormait dans ton berceau !

Crains des bleus horizons le cercle monotone.
Les brouillards, les vapeurs, le nuage qui tonne,
Tempèrent le soleil, dans nos cieux parvenu ;
Et l'œil voit au loin fuir leurs lignes nébuleuses,
  Comme des flottes merveilleuses
  Qui viennent d'un monde inconnu.

C'est pour moi que les vents font, sous nos mers bruyantes,
Tournoyer l'air et l'onde en trombes foudroyantes ;
Quand l'orage à mes chants suspend son vol fatal ;
L'arc-en-ciel pour mes pieds, qu'un or fluide arrose,
          Comme un pont de nacre se pose
          Sur les cascades de cristal.

Du moresque Alhambra j'ai les frêles portiques,
J'ai la grotte enchantée aux piliers basiliques,
Où la mer de Staffa brise un flot inégal ;
Et j'aide le pêcheur, fils des vagues brumeuses,
          A bâtir ses huttes fameuses
          Sous les vieux palais de Fingal.

Epouvantant les nuits d'une trompeuse aurore,
Là, souvent, à ma voix, un rouge météore
Croise en voûte de feu ses gerbes dans les airs ;
Et le chasseur, debout sur la roche pendante,
          Croit voir une comète ardente
          Baignant ses flammes dans les mers !

Viens, jeune âme, avec moi, de mes sœurs obéie,
Peupler de gais follets la funèbre abbaye,
Mes nains et mes géants te suivront à ma voix ;
Viens, troublant de ton cor les monts inaccessibles,
          Guider ces meutes invisibles
          Qui, la nuit, errent dans nos bois.

C'est nous qui, visitant les gothiques églises,
Ouvrons leur nef sonore au murmure des brises ;
Quand la lune du tremble argente les rameaux,
Le pâtre voit dans l'air, ému des chants mystiques,
          Folâtrer nos chœurs fantastiques
          Autour du clocher des hameaux.

De quels enchantements l'Occident se décore !
Viens , le Ciel est bien loin, ton aile est faible encore !
Oublie en notre empire un voyage fatal.
Un charme s'y révèle aux lieux les plus sauvages ;
   Et l'étranger dit nos rivages
   Plus doux que le pays natal.

Et l'enfant hésitant, et déjà moins rebelle,
Ecoutait des Esprits l'appel fallacieux ,
La Terre qu'il fuyait semblait pourtant si belle ! —
Soudain il disparut à leur vue infidèle...
   Il avait entrevu les Cieux.

       VICTOR HUGO.

FIN.

TABLE

DES

AUTEURS ET DES MORCEAUX DE POÉSIE

COMPRIS DANS CE VOLUME.

FIN DE LA TABLE.

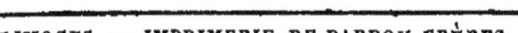

LIMOGES. — IMPRIMERIE DE BARBOU FRÈRES.

NOMS

Des principaux auteurs des œuvres
desquels ce recueil est composé.

CHATEAUBRIAND.
ALEXANDRE DUMAS.
VICTOR HUGO.
REBOUL.
BÉRANGER.
EUGÈNE SCRIBE.
CASIMIR DELAVIGNE.
MILLEVOYE.
CHARLES NODIER.
ALFRED DE MUSSET.
M.lle AMABLE TASTU.
ALEXANDRE SOUMET.
ÉMILE SOUVESTRE.
JULES LACROIX.